John Bridgewell, politischer Journalist in London, ist über die Jahre zynisch und einsam geworden. Seine letzten lebenden Verwandten sind seine Schwestern Julie und Hester, die er kaum noch sieht. Julie hat er genau genommen vor gut zwanzig Jahren aus den Augen verloren. Doch als Hester schwer krank wird, bittet sie ihn, nach der Schwester zu suchen, die sie beide so sehr liebten: Julie, die voller Fröhlichkeit und Lebenslust war, aber stets in Geldnöten und Schwierigkeiten steckte, die strahlende, offene, machmal auch nur naive Julie, die immer nur wollte, dass alle glücklich sind, die verzweifelte Julie, die einfach zu viel fühlte. Zunächst ignoriert John Hesters Bitte, aber die Erinnerungen an die Kindheit und einschneidende Erlebnisse in der Familiengeschichte lassen ihm keine Ruhe mehr, und ihm wird klar, dass er zu lange zu viel beiseitegeschoben hat. Die Suche führt ihn bis nach Kanada und wieder zurück nach Dorset ans Meer, zu einer schrecklichen Erkenntnis, aber auch neuer Hoffnung …

Charles Chadwick, geboren 1932, hat bis 1992 als Mitarbeiter des British Council in verschiedenen afrikanischen Staaten, in Brasilien, Kanada und Polen gelebt. Mit 72 Jahren veröffentlichte er seinen ersten Roman, »Ein unauffälliger Mann«, an dem er knapp 30 Jahre lang schrieb und der großes Aufsehen erregte. Charles Chadwick lebt mit seiner Familie in London.

Charles Chadwick bei btb
Ein unauffälliger Mann. Roman (73912)
Eine zufällige Begegnung. Roman (74142)
Brief an Sally. Roman (74393)

Charles Chadwick

Die Frau, die zu viel fühlte

Roman

Aus dem Englischen von
Klaus Berr

btb

Der Titel des Originals lautet »Our Sister Julie«.

MIX
Papier aus verantwortungsvollen Quellen
FSC® C083411
FSC
www.fsc.org

Verlagsgruppe Random House FSC® N001967
Das für dieses Buch verwendete FSC®-zertifizierte
Papier *Lux Cream* liefert Stora Enso, Finnland.

1. Auflage
Genehmigte Taschenbuchausgabe Juli 2015
btb Verlag in der Verlagsgruppe Random House GmbH, München

Umschlaggestaltung: semper smile, München
Umschlagmotiv: © Arcangel Images / Robert Jones
Druck und Einband: CPI books GmbH, Leck
CP · Herstellung: sc
Printed in Germany
ISBN 978-3-442-74937-9

www.btb-verlag.de
www.facebook.com/btbverlag
Besuchen Sie auch unseren LiteraturBlog www.transatlantik.de!

ERSTER TEIL

I

An einem feuchten und einsamen Abend vor etwa fünf Jahren beschloss ich ganz spontan, etwas über meine jüngere Schwester Julie zu schreiben. Ich weiß nicht mehr, warum. Natürlich hatte ich sie immer im Hinterkopf gehabt – als eine Art permanenter Abwesenheit, die hin und wieder wie ein Geist in Erscheinung trat, um mich daran zu erinnern, dass sie noch immer irgendwo existierte. Vielleicht hatte ich eine heisere, schnell sprechende Stimme gehört, die klang wie die ihre. Oder ich hatte auf der Straße flüchtig jemanden gesehen und einen Augenblick lang gedacht, es sei sie. Diesmal aber war es, als würde sie in einem dunklen Winkel meines Zimmers lauern und mir zu verstehen geben, dass sie so schnell nicht wieder weggehen würde. In der Vergangenheit hatte ich sie immer wieder zügig aus meinem Gedächtnis verbannt, mit der Ausrede, dass ich Wichtigeres hätte, worüber ich nachdenken müsse. »Na mach schon, Johnny«, schien sie zu sagen, »schau doch, ob du zur Abwechslung mal was über mich schreiben kannst.«

Jetzt fällt es mir wieder ein. Ich ordnete meine Papiere

und stieß auf einige Fotos aus unserer Kindheit. Während ich sie mir ansah, nahmen die Erinnerungen Gestalt an und ließen sich nicht mehr abschütteln. Einige waren Schnappschüsse von der Familie am Meer, und sie brachten mir den Tag zurück, als wir zum letzten Mal mit unserem Vater dort waren. Plötzlich erinnerte ich mich wieder sehr deutlich daran und auch an den Bericht, den ich vor vielen Jahren darüber geschrieben hatte – obwohl ich mir ziemlich sicher bin, dass an diesem Tag keine Fotos gemacht wurden.

Ich erzählte Hester, meiner anderen Schwester, von diesen Schnappschüssen, und sie meinte mit der für sie so typischen barschen Telefonstimme, dass Julie wohl ein oder zwei Absätze wert sein könnte. Sie wusste damals nicht, dass dieser Bericht überhaupt existierte – mehr darüber später. Als politischer Kolumnist bewege ich mich in einer Welt des »öffentlichen Lebens« und bin ziemlich damit beschäftigt, mit Menschen und Ereignissen auf Tuchfühlung zu bleiben und zu allem meinen Sermon abzugeben, um meinen Ruf zu wahren, ganz zu schweigen vom vielen Lesen als Vorbereitung für meine eigenen Bücher. Und dann ist da noch diese endlose Reihe von Lunches und Dinners und Partys, die ich besuchen muss, um nur ja nichts zu verpassen. »Um meinen Ruf zu wahren«: Ich glaube, das ist die eigentliche, selbstsüchtige Wahrheit. Falls man mich nach der Zielsetzung meines Lebens fragte, dann würde ich wahrscheinlich irgendetwas Aufgeblasenes über die Suche nach der Wahrheit antworten, dass ich die Mächtigen zur Rechenschaft ziehe und die

Betrüger und Ihresgleichen bloßstelle. Kurz gesagt, ohne Frau und Familie habe ich ein kaum nennenswertes Privatleben, und ich glaube auch nicht, dass es mir je abgegangen ist.

Ein- oder zweimal waren Julies Erscheinungen weniger geisterhaft, wenn auch nicht weniger flüchtig. Eines regnerischen Abends vor etwa zehn Jahren schaute ich hinunter auf die Straße vor meiner Wohnung und war mir sicher, dass sie es war, die ihren Regenschirm nach hinten kippte und zu mir hochsah. Ich öffnete sogar das Fenster, um sie zu rufen, aber da war sie bereits wieder verschwunden. Und sofort nach diesem flüchtigen Blick auf das feucht glänzendende, nach oben geneigte Gesicht redete ich mir ein, dass es irgendjemand hätte sein können, und wahrscheinlich hatte ich auch irgendeinen Abgabetermin einzuhalten. Bei einer anderen Gelegenheit spazierte ich durch den St. James Park und meinte, sie in einiger Entfernung mich beobachten zu sehen. Es war Winter, und sie trug einen roten Schal, eine grüne Kappe und einen schweren, schwarzen Mantel. Ich blieb stehen und starrte einen Augenblick lang zurück, hob, glaube ich, sogar die Hand und rief ihren Namen. Aber sie eilte davon. Eine dritte Gelegenheit ergab sich in der Oper, als ich sie in der Pause hoch oben im Rang zu sehen meinte. Das Licht wurde bereits schwächer, und diesmal dachte ich, sie würde mir winken, und ich winkte zurück. Aber die Frau neben mir winkte ebenfalls jemandem dicht neben ihr im Rang. Wieder war der Augenblick entschwunden. Manchmal glaubte ich, wie gesagt, ihre Stimme gehört oder sie in einer Menge gesehen zu haben, erkannte aber sehr schnell, dass es nur flüchtige Ähnlichkeiten waren. Diese Gelegenheiten, und es gab noch ein oder zwei andere, vergaß ich wieder, weil mein Kopf mit Wichtigerem beschäftigt war – wie ich mir in meiner Aufgeblasenheit bestimmt eingeredet hatte. Genau diese Aufgeblasenheit hat man mir schon mehr als einmal vorgeworfen. Ich versuche es ja, aber es ist ziemlich schwierig, nicht aufgeblasen zu klingen, wenn man sich vieler Dinge ziemlich sicher ist.

Wie auch immer, der Fund der Schnappschüsse und Hesters Kommentar waren wohl ein Hinweis darauf, dass ich das Bedürfnis hatte, hin und wieder all der Gehässigkeit und dem Neid und der Eitelkeit und der Gier des öffentlichen Lebens zu entfliehen, das mich so lange von den einfachen, alltäglichen, persönlichen Dingen, die das Leben fast aller anderen bestimmen, abgelenkt hatte. Vielleicht fragte ich mich auch, ob mich das alles ärmer gemacht hatte, die Anstrengung des rein rationalen Denkens. »Private Gesichter in der Öffentlichkeit sind klüger und netter als öffentliche Gesichter im privaten Raum.« Was für eine private Welt konnte ich jetzt noch bewohnen, da es diesen öffentlichen Gesichtern doch so am Herzen lag, mir schönzutun und mich zu beeindrucken, damit sie von dem Kommentator, der einmal als der »geachtetste von allen« galt, lobend erwähnt wurden? In dem Buch, das ich veröffentlicht hatte, ging es um die grundlegenden Überzeugungen, ob religiöser oder anderer Art, von politischen Führern und Parlamentariern, und was es für Ähnlichkeiten gab mit politischen Persönlichkeiten in anderen Ländern. Es kam zu dem Schluss, dass es im Großen und Ganzen kaum nennenswerte Überzeugungen gab. Ehrgeiz und Eigennutz waren die Motive, die sie vor allem antrieben, alle moralischen Alternativen wurden dem Machttrieb untergeordnet. Es ging um die Leere im öffentlichen Herz der Dinge, während es im Privaten doch eine solche Überfülle an persönlicher Güte gibt – ganz zu schweigen von der riesigen Kluft zwischen dem, was Politiker und dergleichen glauben, worüber die Menschen sich den Kopf zerbrechen, und dem, worüber sie ihn sich wirklich zerbrechen. Ich frage noch immer, nach welchen Prinzipien, falls überhaupt, unsere politischen Führer leben – ganz zu schweigen von den Finanziers, Industriekapitänen und dergleichen. War ich zu zynisch, um einzugestehen, dass es unter ihnen einige gibt, die angetrieben sind vom Wunsch, in der Welt Gutes zu tun? Dabei ist es doch der Zynismus, den ich bei anderen so verabscheue.

Ich sage das alles jetzt, da solche Urteile oberflächlich erscheinen, geschrieben nur um der Wirkung und der Anerkennung willen, für ein Schulterklopfen, wobei das Buch allerdings recht gut aufgenommen wurde. Wie dem auch sei, das Folgende habe ich zu der Zeit über Julie geschrieben.

*

Inzwischen haben wir Julie fast zwanzig Jahre nicht gesehen. »Arme, kleine Julie« nannten wir sie früher, bevor es wirklich anfing, schlecht für sie zu laufen. Mit den Jahren haben wir es immer mehr vermieden, sie auch nur zu erwähnen. Wichtig war allein, ob einer von uns beiden etwas von ihr gehört hatte, und diese Neuigkeit hätte dann natürlich nicht Zeit gehabt bis zum nächsten unserer Routineanrufe.

Die Anrufe sind inzwischen wirklich fast reine Routine, das muss ich leider sagen. Hester lebt in Lincolnshire und kommt nie nach London. »Warum um alles in der Welt sollte ich das tun?«, fragt sie mit ihrer weltverdrossenen Stimme und fügt vielleicht noch hinzu: »Außer um diesen brillanten Bruder von mir zu besuchen?« oder etwas Ähnliches. Ihre Selbstbeherrschung scheint ihr jede Freude, jede frohe Erwartung abgedrückt zu haben, so dass sogar das Gefühl für das Schwinden der Zeit beinahe etwas Extravagantes ist. Immer wenn wir miteinander telefonieren, ist das Gesicht, das ich mir vorstelle, ein statisches und schattenloses, die Augen hinter ihren dicken Brillengläsern unsichtbar, als würde sie mit geschlossenen Augen vor einem Spiegel stehen – eine Verdrängung, kein Ausdruck der Verzweiflung. Das ist zumindest mein Bild von ihr. Das Talent zum Schreiben kann mehr sein als nur eine Möglichkeit, den Lebensunterhalt zu verdienen. Bin ich ihr je gerecht geworden? Was das angeht, bin ich je irgendjemandem gerecht geworden?

Sie könnte auch noch hinzufügen, dass sie sich über mich auf dem Laufenden hält, indem sie hin und wieder meine Kolumne liest und mich »im Fernseher« sieht, wie sie es nennt. Sie kommentiert nie, was ich schreibe oder sage, stimmt mir weder zu, noch widerspricht sie mir; das ist einfach mein Beruf. Es gibt nichts, was ich sie über ihr kleines Haus oder ihren kleinen Garten oder ihre Nachbarn fragen könnte, mit denen sie nichts gemein hat, obwohl »sie, schätze ich, recht harmlose Leute sind«. Sie ist pensionierte Bibliothekarin, die sehr viel liest, vor allem Romane. Sie hat es aufgegeben, sie mir zu empfehlen, weil ich ihr sagte, dass sie mich so oft enttäuschen: die Trivialisierung und die Schwarzweißmalerei, der Mangel an Besonderheit und das verkrampfte Bemühen, »schön zu schreiben«, das Unscharfe und Beliebige, der Mangel an Lebensechtheit oder »Lebhaftigkeit«, wie ein Kritiker das einmal nannte. Nur Worte und keine Menschen. Wie derselbe Kritiker sagte: »Helle Lichter sind nicht immer ein Zeichen von Bewohntheit.« Sie empfahl mir Schriftsteller, auf die das alles nicht zutraf (Sebald, Makine, Robinson, Némirovsky, Lessing, Trevor, Munro sind einige Namen, dir mir in den Sinn kommen), und für ihre Vorschläge war ich immer dankbar. Auf jeden Fall, so sagte ich, hätte ich neben all der Lektüre, die ich sowieso durcharbeiten müsse, keine Zeit für etwas anderes. Über meine Bücher sagte sie, sie seien »sehr intelligent und interessant«, aber ich bezweifle, dass sie sie zu Ende gelesen, geschweige denn genossen hat. Sie sind durchaus respektabel, auf ihre Art vielleicht sogar maßgeblich, aber zwischen uns konnten sie kaum ein Gesprächsthema sein.

Kurz, unsere Telefongespräche (immer bin ich es, der anruft) sind knapp und eher selten, von meiner Seite her kaum mehr als Pflichterfüllung, das muss ich leider zugeben. Wie gesagt, sie ruft mich nie an. Einmal fragte ich sie, warum. »Mach dich doch nicht lächerlich!«, erwiderte sie. »Du bist viel zu beschäftigt, als dass du dich mit einer alten Jungfer von Schwester abgibst, die in einem Dorf in Lincolnshire lebt und absolut nichts Interessantes in ihrem Leben vorzuweisen hat, außer, wie viele Eier die Hühner gestern gelegt haben …« »Aber du bist meine *Schwester*!«, hätte ich einwenden sollen. Vielleicht habe ich es sogar getan. Es hätte nichts geändert. In der Stille haben wir dieselben Gedanken, die zu schmerzlich sind, um sie auszusprechen. Wo lief das alles schief? Die wichtigste aller Fragen …

Während ich dies schreibe, sehe ich Julie deutlich vor mir, das strahlende Lächeln, als wir uns umarmten auf dieser windigen Straße in Soho, nachdem wir zusammen zu Mittag gegessen hatten. Sie hatte ununterbrochen darüber geredet, wie wunderbar ich schreiben könne, dass sie immer gewusst habe, dass ich Erfolg haben würde, wie stolz sie sei und so weiter. Sie wirkte so glücklich und sorglos, und ich wartete auf den Augenblick, da sie mich wieder einmal fragen würde, ob ich ein wenig Geld übrig hätte, nur das, was ich dabeihätte, sie sei gerade ein wenig knapp bei Kasse. Ich hatte mir davor 200 £ aus dem Bankautomaten geholt, nur für den Fall. Doch allmählich merkte ich, dass sie nur so viel redete und lächelte, um die Tränen zu unterdrücken, um den Kummer, der in ihr aufwallte, in Schach zu halten. Immer wieder fasste sie auf dem Tisch nach meiner Hand, als wäre ich es, der Trost und Ermutigung brauchte. Einmal machte ich den Fehler, zwischendurch auf die Uhr zu schauen, und sie rief aus: »O Gott, es tut mir so leid, mein Lieber, wie gedankenlos von mir, wo du doch so beschäftigt bist! Natürlich haben wir keine Zeit mehr für Nachtisch und Kaffee…« Und sofort fing sie an, ihre Habseligkeiten in die Handtasche zu stecken und ihren Schal umzulegen und, diesmal sehr zielstrebig, meine Hand zu fassen. »Mein Lieber, mein lieber Johnny, du bist ja so *gescheit,* und ich bin so ein Quälgeist. Du brauchst dein Hirn wirklich für anderes als für mich dummes altes Ding. Ach warum, Johnny, warum mache ich mich immer nur so furchtbar lächerlich?«

Das war unsere letzte Begegnung. Das waren ihre letzten Worte. Eine lange, feste Umarmung auf dieser kalten, hektischen Straße, dann wandte sie sich von mir ab, bevor ich etwas sagen konnte, und ich wusste, sie tat es, weil ihr nun doch die Tränen kamen. Oder genauer, ich sagte zwar etwas, aber ich glaube nicht, dass sie es hörte. »Ich will nur, dass du glücklich bist, Julie…« war alles, was ich herausbrachte.

Und so kommt es, dass Hester und ich nicht über Julie sprechen, weil wir beide auf unsere Art nicht sagen können, dass wir nur hoffen, sie habe ihr Glück gefunden. Und doch wissen wir, dass sie, wenn sie es gefunden hätte, es uns irgendwie hätte wissen lassen – um unser Gewissen zu erleichtern, wenn das nicht zu zynisch ist. Sie hätte uns nie einen Haufen Lügen über Erfolg oder Glück aufgetischt, denn sie war selbst zu vertrauensselig, sie hätte nicht erwartet, dass wir etwas glaubten, was nicht ganz stimmte. Hester sagte einmal, sie ist aus unser beider Leben verschwunden, weil sie Angst hatte, dass unsere ständige Sorge um sie uns zu viel Kummer machen könnte. Ihre Stimme klang leicht bitter dabei, als würde sie nur aussprechen, was ich nicht sagen wollte. Und ja, sie war eine Peinlichkeit, ein Quälgeist geworden. Der mondäne, seriöse John Bridgewell mit seiner promisken Schwester…

Sie schickte uns eine Postkarte mit Poststempel aus Liverpool, auf der nur stand: »Mein lieber, lieber Bruder und meine liebe, liebe Schwester. Morgen früh geht's ab nach Kanada. Ist besser für alle, wenn ich mich von diesem traurigen Schlamassel meines Lebens (endgültig, haha!) verabschiede. Ich kann einfach nicht mehr so weitermachen. Ein neuer Anfang, eine Wiedergeburt, wie es heißt. Ihr seid besser dran ohne mich. Übrigens, alle Schulden sind beglichen! Und VIELEN DANK!« Sie meinte, sich entschuldigen zu müssen bei weiß Gott wie vielen Leuten, die sie enttäuscht zu haben glaubte. Wo habe ich das nur gelesen: *Denn nur die Guten zweifeln an ihrem eigenen Gutsein, was sie überhaupt erst zu Guten macht. Die*

Schlechten wissen, dass sie gut sind, aber die Guten wissen gar nichts. Sir bringen ihr Leben damit zu, anderen zu vergeben, aber sich selber können sie nicht vergeben.

Ach, Julie! Sie hatte eine solche Lust aufs Leben, eine solche Bereitschaft zu helfen und zuzuhören, und sie hatte so viel Fröhlichkeit in sich! Und eine solche Fähigkeit zu geben – ist das ein Maß für die Fähigkeit, sich verletzen zu lassen? Diese Männer, einer nach dem anderen, wandten sich von ihr ab. »Warum sind solche Unmengen von wunderbaren, begabten Mädchen mit unmöglichen Männern verheiratet?« Nicht dass sie irgendeinen von denen geheiratet hat, soweit ich weiß. »Es wäre dann schwerer, mich sitzenzulassen, nicht, Johnny?«, sagte sie einmal zu mir mit diesem für sie so typischen, sowohl beschämten wie triumphierenden Kichern. Es war, als würde es ihr nichts ausmachen, doch dann legte sie den Hörer auf, als wollte sie nicht, dass ich an ihrer Stimme hörte, wie viel es ihr ausmachte.

Auf einer Party sprach ich einmal mit einer Frau, die nicht wusste, dass ich ihr Bruder war. Julie stand in einer anderen Ecke des Zimmers, hatte einem Mann die Hand auf die Brust gelegt und lachte ausgelassen. Auch er lachte, aber die beiden anderen, die bei ihnen standen, ein Mann und seine Frau, die ich entfernt kannte, missbilligten es offensichtlich. Die Frau neben mir sagte: »Diese Julie, immer im Mittelpunkt, weil sie sich immer in den Mittelpunkt stellt. Was für eine leichte Beute.« Ich ging weg. Ich verteidigte sie nicht, was meine Schande noch vergrößerte.

Diese Lust auf alles, was war sie denn anderes als Hunger nach Leben, Hunger nach Liebe? Aber als sie diesem Mann auf die Brust klopfte, sah ich, wie sie anderen auf die Nerven gehen konnte, ohne es auch nur zu ahnen – sie nahm einfach an, dass die Leute eben so waren, dass sich jeder danach sehnte, das meiste aus dem Leben herauszuholen. Es sei nicht nur die endlose, unverfrorene Fröhlichkeit, die die Leute verärgerte, sagte man mir bei einer anderen Gelegenheit. Es sei ihre Großzügigkeit – freigebig versandte sie kleine Gaben, verschenkte Bücher, erinnerte sich an Geburtstage und Jubiläen, verlieh Geld und so weiter. Es war nicht die Großzügigkeit von jemandem, der gemocht werden wollte. Sie war ohne jeden Hintergedanken. Dieses Zitat kommt der Sache ziemlich nahe. Es war Menschenfreundlichkeit, glaube ich, ganz gewöhnliche Herzensgüte. In der gierigen, geschwätzigen, zynischen, eitlen und neidischen Welt, in der ich lebe und über die ich zu schreiben versuche, hat solche Spontaneität keinen Platz. Die Kehrseite davon war, dass sie ebenso ungezügelt von anderen borgte, in Dimensionen, die zurückzuzahlen sie nie hoffen konnte. Einmal überzeugte ich einen Parlamentsabgeordneten, sie als Teilzeitsekretärin einzustellen, aber das hielt nur einen Monat: »Um ganz offen mit Ihnen zu sein, alter Knabe, für mich ein bisschen zu durchgeknallt. Nettes Mädchen und alles. Sehr nett. Aber nicht gerade die Verschwiegenste.« Ich konnte mir nur zu gut vorstellen, was er meinte. Es war mir peinlich. Ich hatte Respekt verloren. Ja, es gab oft Zeiten, da wünschte ich mir, Julie würde einfach verschwinden …

*

Hier brach der Text ab, weiter war ich vor fünf Jahren bei meinem Versuch, etwas über Julie zu sagen, sie zusammenzufassen, nicht gekommen. Das war die reine Wahrheit: eine endgültige Zusammenfassung, bestimmt allein für den Papierkorb des Lebens. Ich legte es mit Julies Postkarte, den Fotos und meinem Bericht über den letzten Ausflug ans Meer beiseite. Und ich tat es mit einem erleichterten Aufseufzen. Schon allein der Gedanke an Julie war zu einer Last geworden, die ich gern abschüttelte – die Erkenntnis, dass bei der Frage, was wohl aus ihr geworden war, der Groll inzwischen stärker war als die Liebe. Ich sehe jetzt deutlich, dass das, was ich geschrieben hatte, ans Sentimentale grenzte, weil ich nur das Beste in ihr sehen wollte und den Rest minimiert hatte. Aber das Beste war strahlend, und ich versuchte, mich daran zu klammern. Wenn ich es jetzt wieder lese, erkenne ich auch, dass ich das verletzliche Kind in ihr gesehen hatte.

Und doch habe ich den Ordner nicht weggeworfen, seitdem liegt er an einer Ecke meines Schreibtischs. Es ist ein sehr vollgepackter Schreibtisch, aber ich lege nie Bücher und Papiere obenauf. Vielleicht ist es eine stete, wenn auch unbewusste Erinnerung daran, dass ich Julie nie komplett aus meinem Leben streichen kann. Der Ordner liegt da wie ein Vorwurf, ein verblassender Rest dessen, was sie mir einmal bedeutet hat.

Zu der Zeit bekam ich auch eine neue und interessante Kolumne angeboten und erhielt außerdem den Auftrag für ein neues Buch. Es sollte eine Studie werden darüber, was aus dem Konflikt zwischen Freiheit und Gleichheit geworden war und wie der vom Postulat der Brüderlichkeit beeinflusst worden war: Diese drei waren inzwischen degeneriert zu Befriedigung, Verdummung und Schmeichelei. Und davon ausgehend wollte ich zeigen, wie die Sucht nach immer Neuem, Arschkriecherei und Promi-Geilheit an die Stelle der Erneuerung der Werte und der öffentlichen Ehre getreten war. Ziemlich dogmatisches Zeug, nicht sehr originell, klar, aber es traf doch hier und dort den richtigen Ton. Und so war Julie wieder einmal größtenteils vergessen. Ich habe seither nicht mehr in den Ordner geschaut, aber hin und wieder habe ich die Hand danach ausgestreckt und sie dann wieder zurückgezogen, aus Angst, ich könnte vereinnahmt werden von ihrer geisterhaften Präsenz, und sie würde mich dann nicht mehr loslassen. Zumindest bis jetzt war das so.

Vor etwa vierzehn Tagen war es wieder einmal Zeit für meinen Routineanruf bei Hester. Sie wirkte ungewöhnlich schwach und distanziert. Als ich sie fragte, wie es ihr gehe, zögerte sie, bevor sie mit einem Seufzen sagte: »Kann mich nicht beschweren, Johnny.«

Normalerweise war sie so scharf und barsch, ich wusste sofort, dass etwas nicht stimmte. »Du würdest es mir doch sagen, oder?«

»Dir was sagen?«

»Na, wenn du krank wärst zum Beispiel.«

»Natürlich.«

Aber ich wusste, sie würde nichts sagen, höchstens in einem extremen Fall. »Ich muss dich bald einmal besuchen«, sagte ich. »Ich habe jetzt mehr Zeit.«

»Das würde mich sehr freuen«, sagte sie, als meinte sie es ernst. Dann fügte sie wie aus heiterem Himmel hinzu: »Ich habe in letzter Zeit sehr viel an Julie gedacht.« In ihrer Stimme lag eine ungewöhnliche Schwermut, und ich wartete, wie mir schien, sehr lange. »Erinnerst du dich noch an den Tag, an dem wir an den Strand fuhren, kurz bevor Vater sich aus dem Staub machte?«, fragte sie.

»Ja, daran erinnere ich mich. Das war ziemlich schrecklich, oder?«

»Die Sache ist, du wolltest ihn tot an diesem Tag, nicht?«

»Ich weiß nicht mehr ganz…«, setzte ich an, aber ich erinnerte mich noch viel zu gut daran. Ich hatte diesen Bericht geschrieben, kurz bevor unsere Mutter starb, und hatte ihn mir noch einmal angesehen, als ich meine Gedanken über Julie in den Ordner steckte, der noch immer an dieser Ecke meines Schreibtischs lag.

»Weißt du nicht mehr, in diesem Café im Krankenhaus, nachdem wir Mutter besucht hatten, da hast du doch zugegeben…«

»Na ja, ich weiß nicht so recht, ob ich…«

»Ich habe gesehen, was du getan hast, Johnny. Ich wollte ihn auch tot. Ich wollte, dass er aufhört, Mutter das Leben zur Hölle zu machen… Bitte, versuch dich zu erinnern.«

»Ich werde mal darüber nachdenken«, sagte ich ziemlich hastig, bevor ich mich verabschiedete und auflegte.

Etwas an der heiseren Eindringlichkeit ihrer Stimme sagte mir, dass es ihr nicht gutging, dass ich sie besuchen und diesen Ordner mitnehmen musste. Hester würde mir ziemlich schnell sagen, ob der Bericht der Wahrheit entsprach. Sie hatte recht. Einen Tag nach unserem Besuch bei Mutter hatten wir in dieser Krankenhauscafeteria Kaffee getrunken, und ich hatte zugegeben, dass ich Vaters Verschwinden und den letzten Ausflug noch so lebhaft vor mir hatte, dass ich versuchen sollte, das alles niederzuschreiben, wenn auch nur, um es aus unserem System zu bekommen, es zu exorzieren – auch wenn keiner von uns diesen Begriff je verwendet hätte. Nachdem wir Mutter so daliegen sehen hatten, gesehen hatten, wie der letzte Rest an Kraft aus ihr herausfloss, wie sie verwelkte, ihre Augen so groß und so völlig leer, dass sie uns kaum deutlicher wahrzunehmen schienen als das Zimmer und das helle Licht vor dem Fenster, dachte ich mir, genau das hat unser Vater ihr angetan, und plötzlich überwältigte mich der Hass auf ihn. Vielleicht hatte ich Hester das gestanden. Vielleicht hatte ich gesagt, dass mir sein Abgang nichts ausgemacht hatte. Jedenfalls glaube ich, dass sie nickte und meinte, sie würde auch aufschreiben, woran sie sich erinnerte. Letztendlich aber schickte ich ihr nicht, was ich geschrieben hatte. Ich denke, vorwiegend, weil ich nicht wollte, dass sie las, wie ich versucht hatte, ihn zu vergiften. Und jetzt sagte sie mir, dass sie das die ganze Zeit schon vermutet hatte.

Und so fuhr ich sie besuchen. Sie hatte für mich ein Zimmer in einem Bed & Breakfast in der Nähe gebucht, weil sie meinte, wir würden beide nicht wollen, dass wir uns den ganzen Tag lang über den Weg liefen. Ich erkannte, wie weit wir uns voneinander entfernt hatten und dass ich es riskiert hatte, mehr als eine Schwester zu verlieren. Julie mochte inzwischen viele Freunde haben, vielleicht sogar eine eigene Familie. Hester schien niemanden zu haben, und einmal sagte sie mir, dass es ihr so auch lieber sei. »Ich lerne eine ganze Menge Leute in meinen Büchern kennen, vielen Dank.« Das hatte ich ihr damals geglaubt. Ich hatte mir ihre Strenge bei der Arbeit vorgestellt, bei der Leitung von Bibliotheken, bei diversen Ausschusssitzungen und so weiter. Es war eine Strenge, die sie auch auf sich selbst anzuwenden gelernt hatte. Doch bald sollte ich entdecken, dass viel mehr an ihr war, als sie mich hatte glauben machen wollen.

Sie hatte sich verändert. Kurz nach meiner Ankunft sagte sie mir, dass schon vor einer Weile bei ihr Krebs diagnostiziert worden sei, dass sie jetzt in Rekonvaleszenz sei und dass es ihr, abgesehen von den Nebenwirkungen der Medikamente und der Therapie, schon »sehr viel besser« gehe. Die Veränderung hatte mit etwas anderem zu tun. Obwohl sie nur selten lächelte, war die alte, disziplinierte Wachsamkeit verschwunden, und hin und wieder schaute sie mich verstohlen an, als wollte sie herausfinden, ob es zwischen uns vielleicht eine verborgene Wesensverwandtschaft gäbe. Ich hatte keine Ahnung, welche Freunde sie haben mochte, und ich nahm an, dass sie es vorzog, ohne Freunde zu sein, sich davor hütete, Herzlichkeit zu zeigen oder jemanden in ihre Nähe zu lassen. Sie hatte intakt bleiben wollen. So hatte ich sie mir vorgestellt, denn ihre barsche Stimme verriet nichts von ihr selbst. Unsere Lebenswege hatten sich stetig auseinanderentwickelt, seit sie ihren Abschluss als Bibliothekarin an der Birmingham University gemacht hatte und in den Midlands geblieben war. Sie hatte ein ganzes Leben gelebt, über das ich so gut wie gar nichts wusste – diese eigensinnige, effiziente Frau, die eine Invasion ihres Körpers abwehrte und jetzt an ihre Kindheit erinnert werden wollte.

Ich hatte noch immer Zweifel, ob ich ihr zeigen sollte, was ich vor so vielen Jahren geschrieben hatte. Hin und wieder hatte ich einen flüchtigen Blick zu diesem Ordner auf meinem Schreibtisch geworfen und mir gedacht, dass der Text immer unzuverlässiger und unwichtiger geworden war und ich ihn vernichten sollte. Ich redete mir ein, er wäre gefärbt von Mutters Krankheit, von den Übertreibungen und Verzerrungen meiner Erinnerung, von der künstlerischen Freiheit eines Menschen, der sich zu der Zeit (ich war damals Mitte zwanzig) als angehender Schriftsteller betrachtete. Mir graute vor Hesters Reaktion. Ich konnte mir gut vorstellen, dass sie sagte, das sei doch alles nur egozentrischer Quatsch.

Doch es kam ganz anders. Nachdem ich meinen Koffer im B & B abgestellt hatte, erreichte ich am frühen Abend ihr Cottage. Das letzte Mal hatte ich es vor sechs Jahren gesehen, und es war noch genauso wie in meiner Erinnerung: die goldenen Lampenschirme, der dunkle Perserteppich, die hohen, überquellenden Bücherregale, der Lehnsessel und das Sofa von William Morris, die Reproduktionen von Turner und Constable, der Kaminsims mit der Reiseuhr und dem Landvolk aus Porzellan. Im Kamin brannte ein künstliches Holzfeuer, und gleich nach meiner Ankunft zog Hester die dunkelbraunen Vorhänge zu und sperrte das verlöschende Nachmittagslicht aus. Anfangs wirkte auch sie kaum verändert – die hinten zusammengefassten grauen Haare und die hohen Falten auf ihrer Stirn, die zusammengepressten Lippen und die starrenden, ziemlich vorwurfsvollen Augen hinter ihren dicken Brillengläsern. Sie trug sogar noch dieselbe ausgebeulte, braune Strickjacke. Vielleicht war sie ein wenig dünner geworden, und sie ging leicht gebeugt.

»Tee, denke ich«, war alles, was sie sagte, bevor sie in die Küche ging. Wir hatten uns nicht einmal umarmt. Etwas an diesem konventionell gemütlichen Zimmer wirkte beinahe abweisend, als läge eine Kälte in der Luft, die kein Heizen überwinden konnte. Mir graute noch mehr davor, ihr zu zeigen, was ich über diesen Tag am Meer geschrieben hatte. Ich hatte meine Ausreden parat, und als sie mit dem Tee zurückkam, entschuldigte ich mich sofort dafür.

»Die Egozentrik eines jungen Mannes«, murmelte ich schließlich. »Was soll es um Himmels willen bringen …?«

Ich holte den Text aus meiner Aktentasche, und sie goss mir wortlos Tee ein, ging mit dem Bericht zum Sessel und las ihn, während ich in die ewig gleichen, tanzenden Flammen des Feuers starrte. Sie las sehr langsam, und als ich zu ihr hinüberschaute, war ihr Gesicht völlig ausdruckslos.

Als sie fertig war, legte sie die Seiten auf den Tisch und ihre Brille daneben und verließ mit den Worten: »Nur einen Augenblick, Johnny« das Zimmer und ging nach oben.

Am Fuß der Treppe drehte sie sich um und warf mir ein komplizenhaftes Lächeln zu, das ich bei ihr noch nie gesehen oder völlig vergessen hatte. Nein, das sehe ich jetzt, es war eher das Eingeständnis, dass nicht alles so war, wie es sein sollte, dass es aber zu spät war, um sich darüber den Kopf zu zerbrechen, und wir lieber das Beste aus der Zeit machen sollten, die uns noch blieb. Außerdem hatte ich sie seit unserer Kindheit nicht mehr ohne Brille gesehen, und ihre nackten Augen zeigten, wie sie vielleicht beabsichtigt hatte, eine kurze Sehnsucht danach, erkannt zu werden. In diesem Augenblick wurde sie wieder zur Hester unserer Kindheit – verletzlich und nicht bemitleidenswert, alle Kraft zusammennehmend, die sie aufbringen konnte, um Julie und unsere Mutter zu beschützen … So beschreibe ich es zumindest jetzt. Es war ein flüchtiger Augenblick, und in dem sah ich, wie krank sie gewesen war, ihre hohlen Wangen und die dunklen Ringe um die ungeschützten Augen.

Als sie zurückkam und die Brille wieder aufsetzte, fand sie zu ihrem gewohnten, nüchternen Selbst zurück, und einen Augenblick lang meinte ich, so wie sie da saß und auf den Bericht klopfte, er habe sie verärgert. Das Lächeln auf der Treppe sei nur eine kurze Höflichkeit gewesen.

»Nun, Johnny, das ist ziemlich genau so, wie ich mich daran erinnere, an diesen Nachmittag. Natürlich hatte ich keine Ahnung, was dir durch deinen gescheiten Kopf ging, aber du warst ja schon immer ein ziemlich distanziertes Kerlchen, hattest immer was Berechnendes an dir. Mit meiner Sehkraft springst du aber nicht sehr freundlich um, was?«

Ich lachte spöttisch auf. »Das tut mir leid.«

»Muss es nicht. Ich hatte allerdings keine Ahnung, na ja, wie sehr du uns geliebt hast. Es ist ein sehr *loyaler* Text, nicht?«

»Na ja, bei dieser und bei anderen Gelegenheiten hatte ich eher das Gefühl, dass ich sehr viel mehr tun sollte.«

»Du darfst das jetzt nicht zu sehr idealisieren. Meistens waren wir ziemliche irritierende, kichernde Schwestern. Das kommt hier auch raus.«

»Weißt du noch, wie du dich gefühlt hast?«

»Zwei Dinge, schätze ich. Ich hatte oft Angst, wahrscheinlich auch an diesem Tag, vor dem, was als Nächstes kommen würde. Man lernte, auf der Hut zu sein.«

»Und das andere?«

»Natürlich Mutter. Da war diese dauernde Besorgnis und Traurigkeit in der Luft. Angst. Verzweiflung. Sie war so unglücklich, nicht? Ich würde sagen, du hast diese Stimmung ziemlich gut ausgedrückt, auch wenn du damals nicht so empfunden haben kannst. Du warst ja schließlich nur ein Junge.«

»Du meinst, dass ich mich im Rückblick viel empfindsamer dargestellt habe, als ich es tatsächlich war.«

»Ach, aber an dem Punkt kommt ja auch das Belladonna ins Spiel, nicht? Ich meine, wenn ich es nicht gesehen hätte, vielleicht hätte ich mich, hättest du dich gefragt, ob du es dir nicht nur vorgestellt hast, ob dir so etwas überhaupt eingefallen wäre.«

»Nun ja, ich muss wohl ziemlich wütend gewesen sein«, erwiderte ich. »Aber kann es denn nicht möglich sein, dass man seine Mutter zu sehr liebt?«

»Deshalb habe ich auch nichts gesagt, obwohl ich damals noch nichts von der Tödlichkeit des Nachtschattengewächses wusste. Wahrscheinlich dachte ich, dass er davon vielleicht nur ein bisschen Bauchschmerzen bekommt.«

»Inzwischen habe ich gelernt, dass schon ein gutes Dutzend von den Dingern nötig gewesen wäre, um ihn umzubringen. Vielleicht wusste ich das damals schon.«

»Es zählt nur, was du zu der Zeit wusstest. Wie auch immer, wenn ich mir meine Notizen von damals ansehe, glaube ich nicht, dass ich mich so deutlich daran erinnert habe wie du. Wie du ja zugibst, hast du es vielleicht ein bisschen ausgeschmückt, die Details, wenn auch nicht die ganze furchtbare Stimmung. Und ja, wenn ich jetzt so darüber nachdenke, ich wollte dich wirklich wiedersehen, vor allem, nachdem ich dich beim Ascheverstreuen alleingelassen habe.«

Um das Thema zu wechseln, deutete ich auf das Typoskript. »Wie du siehst, habe ich dem Bericht einen ziemlich dramatischen Titel gegeben: *Der Tag, an dem ich meinen Vater tötete.*«

Sie nahm die Blätter zur Hand, machte ein schnelles Zeichen auf die Titelseite und zeigte sie mir. Sie hatte ein Ausrufungszeichen hinzugefügt.

Ihre alte, abrupte Zensorstimme war wieder da, als sie mit einem Seufzen hinzufügte: »Der Schluss ist vielleicht etwas zu gut geschrieben. Hast dich da ein bisschen hinreißen lassen. Du warst ja so ein ernster, junger Mann. Na ja, du musstest dich selber ernst nehmen, falls du im Leben irgendwas erreichen wolltest. Entschlossenheit verträgt sich nicht gut mit Humor. All diese zögerlichen Fragen wären dann erst gar nicht gestellt worden. Und nein, ich hätte sie wahrscheinlich auch gar nicht beantworten wollen. Du hattest recht. Man ließ mich am besten in Ruhe. Damals. Und auch seit damals, schätze ich.«

Dazu sagte ich gar nichts. Sie hatte mit einem Tonfall gesprochen, den ich als feindselig verstand, aber sie streckte die Hand nach mir aus, als wollte sie sie mir aufs Knie legen. Vielleicht war es einfach nur Ungeduld gewesen, doch ich konnte nicht sicher sein, weil sich das Licht auf ihrer Brille spiegelte. Ich fragte mich, ob sie es aufgegeben hatte, mit ihren Augen irgendetwas auszudrücken, ob sie sich nun mit einem Stirnrunzeln, erhobenen Augenbrauen und einem Zusammenpressen der Lippen begnügen musste.

Sie sagte, sie nehme an, ich würde zum Abendessen bleiben, und als sie aufstand, streckte sie nun wirklich die

Hand aus, um meine Schulter zu drücken. An diesem Abend sprachen wir nicht mehr über unsere Kindheit oder über Julie, deren Erwähnung wir irgendwie völlig vermieden hatten. Ich erzählte ihr von meinen Überlegungen, ein Jahr Forschungsurlaub zu nehmen, um ein neues Buch zu schreiben, dass ich damit aber riskieren würde, meine Kolumne ganz zu verlieren, wenn ein anderer meine Stelle einnahm und sich als besser erwies als ich. Es war – es ist einfach so, dass es eine lange Schlange ehrgeiziger, junger Kommentatoren gibt, die pfiffiger schreiben und besser eingestimmt sind auf die Mentalität der Jungen und die alle nur zu gern bereit wären, mich zu ersetzen. Und in der Tat hatte mich mein Chefredakteur – obwohl er ein Freund ist – vor kurzem gefragt, ob ich eigentlich ewig weitermachen wolle.

Im Gespräch mit Hester ging es ausschließlich um mich, obwohl ich nur ihre Fragen beantwortete. Ich fragte mich, ob das alles war und wir nichts anderes zu besprechen hatten. Ich hatte ihr die Fotos gezeigt, wir hatten uns an unsere Kindheit erinnert, ich hatte ihr das Neueste aus meinem Leben erzählt, und Julie, ja nun, was gab es über sie zu sagen?

Am Ende des Abends sagte Hester jedoch, sie hoffe, ich würde ein paar Tage bleiben, falls ich Zeit hätte. Ich hatte es zwar nicht vorgehabt, doch jetzt schien sie mir sagen zu wollen, dass es noch viel Unausgesprochenes gebe und wir einander besser kennenlernen sollten. Ich zögerte einen Augenblick, erwiderte dann, ich hätte es nicht eilig mit der Rückkehr, und so waren wir vier Tage zusammen.

Im Verlauf dieser Zeit vermissten wir Julie immer mehr, einfach weil sie nicht ebenfalls da war.

Als ich sie an diesem Abend verließ, sagte Hester hastig, dass sie manchmal den übermächtigen Wunsch verspüre, Julie wiederzusehen, dass sie ihr Leben lang unzählige Male den Kopf gehoben und erwartet habe, sie durch die Tür kommen zu sehen, die Arme weit ausgebreitet für eine lange Umarmung.

»Ich auch«, erwiderte ich.

Aber das stimmte nicht. Schon vor langer Zeit hatte ich angefangen, sie überhaupt nicht mehr zu vermissen, mich sogar darüber zu ärgern, dass man es in einem Maße von mir erwartete, zu dem ich nicht fähig war.

Nun umarmte sie mich kurz und sagte: »Du hast es nicht falsch gesehen, Johnny, aber zu der Zeit hätte ich das durchaus denken können. Und ich hätte etwas dagegen gehabt. Wir wissen, was es Julie angetan hat, aber was hat es uns angetan?«

Als ich in der Dunkelheit zurückging und der Vollmond durch die kahl werdenden, im Wind schwankenden Äste schien, fragte ich mich, was sie eigentlich nicht gesagt hatte. Ich hatte zugegeben, dass sie und Julie mir schon jetzt immer weniger bedeuteten und dass das bald auch auf meine Mutter zutreffen würde. Kein Wunder, musste sie wohl denken, dass wir uns so weit voneinander entfernt hatten und dass es zwischen uns nicht mehr gegeben hatte als einige wenige Routineanrufe. Ihre letzte Frage ging mir lange nicht aus dem Kopf.

II

Der Tag, an dem ich meinen Vater tötete

Wir waren mit dem Zug unterwegs zur Küste. Julie hatte ihre Hand im Picknickkorb.

»Behalt deine dreckigen Pfoten bei dir, du grässliches, kleines Biest«, sagte Vater und klatschte ihr auf die Hand. Aber es machte ihr nichts, weil es ja nur im Spaß war.

»Ich wollte nur… du hast es doch erlaubt, nicht, Mummy?«, winselte sie.

»Na ja, nur einen, Liebes…«

Mutter zog eine Tüte Allsorts-Kekse heraus und gab uns je einen.

»Bäh-Bäh! Und was ist mit mir armem Kleinen?«, wimmerte Vater, zog ein Schimpansengesicht und wischte sich mit dem Taschentuch die Augen.

Julie kicherte, und Hester leckte an ihrem Keks und hielt ihn dann Vater hin.

»Ah! Mmmm! Hesters Spucke.«

Er nahm den Keks, kaute geräuschvoll und rieb sich

den Bauch. Julie kicherte so sehr, dass sie ihren Keks ausspuckte.

»Da muss ein Brief geschrieben werden«, verkündete er. »Lieber Mr. Allsorts. Ich schreibe Ihnen, um einen neuen Geschmack vorzuschlagen: Hesters Speichel.«

»Ach, Harry!«, sagte Mutter. »Was kommt als Nächstes?«

Sie spielte an ihrem Hals herum und lächelte uns abwechselnd an. Ich dachte mir: So viel Glück kann nicht anhalten. Mutter wartet immer, aber sie ist nie bereit. Julie lehnte an Vater, ihre Wange ruhte an seinem Arm. Sie hatte so viel gelacht, dass sie auf seinen Ellbogen gesabbert hatte, aber er bemerkte es nicht, denn er hatte die Augen geschlossen und intonierte mit weihevoller Miene: »O klaubt voll Wut mir Schrunden.« Mutter beugte sich vor und steckte Julie noch ein Allsorts in den Mund, zog sie zu sich und wischte ihr dabei flink den Sabber ab. In der Kirche blieb sie immer knien und sang zu laut, doch wenn er sich über ihren Glauben lustig machte, war er guter Dinge und durch nichts zu bremsen. Julie schaute, erschrocken über Mutters plötzliche Grobheit, zu ihm hoch.

»Um Himmels willen«, sagte er. »Was ist denn falsch, wenn ich fragen darf, an ein wenig altmodischer familiärer Zuneigung?«

Aber er ließ es darauf beruhen. Hester nahm die Brille ab und setzte ihre neue, erwachsene Miene auf.

»Hester, du altes Popo-Gesicht«, sagte Vater und zwinkerte ihr zu. »Keiner dreht sich nach dir um, wenn du die Augen so zukneifst.« Hester versuchte zurückzuzwinkern. »Das ist schon besser. Dann schauen sie gleich noch mal hin. Was meinst du denn, wie ich deine arme, alte Mutter rumgekriegt habe?«

Er warf Mutter einen Blick zu, aber sie erwiderte ihn nicht, vielleicht weil sie Angst hatte, dass in seinen Augen nichts mehr von der alten Komplizenhaftigkeit war, sondern nur noch verstimmtes Mitleid.

Eine Weile schwiegen wir alle und schauten den Wolkenschatten zu, die über die Hügel zogen. Im Fenster sah ich das Spiegelbild meiner Mutter in einem Kreis aus Sonnenlicht. Sie lächelte, und ich dachte: Sie ist glücklich, vielleicht schwelgt sie aber auch nur in Erinnerungen. Hester und Julie saßen nun links und rechts von Vater, und er hatte die Arme um sie gelegt.

»Meine reizenden Töchter. Kommt nur nach mir, meine wunderbaren Wesen…«

Jetzt fing er an, eine seiner endlosen Geschichten ohne wirkliche Pointe zu erzählen. Schweiß stand ihm auf der Stirn, und seine Stimme klang leicht lallend. Ich in der gegenüberliegenden Ecke schlug ein Biggles-Buch auf und dachte: Ich bin erst zwölf, aber ich weiß, dass sie überhaupt nicht wunderbar sind, und er findet das auch.

Er starrte zu mir herüber, als wüsste er, was ich denke. »Schaut euch den kleinen Rotzlöffel an, hängt rum wie ein Lumpensack, meint ihr nicht auch, meine Schönen? Ich würde sagen, altes Haus, pass auf, dass du dir nicht in die Hose machst, sei ein braver Junge. Und nicht einen Funken Humor im Leib.«

Er verspottete mich vor allem, um sie aufzuheitern, und so grinste ich, und Mutter tat es mir gleich, als wollten wir ihm auf keinen Fall die gute Laune verderben. Wenn er sie anschrie, fragte ich mich, ob sie ihm einfach nicht schön genug war. Da sie sich damit abfand, mit allem, was sie nicht war, wehrte sie sich nie und überdauerte so seinen Zorn. Julie streckte mir die Zunge heraus. Hester hatte ihre Brille wieder auf und sah sehr überheblich aus.

»Wer hat je davon gehört, dass Pferde Cricket spielen?«, sagte er zum witzfreien Abschluss. Es war immer noch alles in Ordnung, er wirkte geradezu überschwänglich. »Na, wenn das kein schöner Ausflug ist, was, altes Mädchen«, sagte er und warf Mutter einen Handkuss zu. Sie schloss die Augen, wie sie es oft tat, wenn sie etwas schmerzte und sie hoffte, dass es bald vergehen würde, oder wenn sie ein unerwartetes Glück empfand und sich wünschte, dass es nie vergehen möge.

Wir stiegen aus dem Zug und spazierten zum Meer. Mutter ging mit den Mädchen voraus, sie trug den Picknickkorb.

»Genau so wird's gemacht«, sagte er. »Schlaues Kerlchen, dein Papadapadu, lässt den Feldwebel die Knochenarbeit machen.« Er legte mir die Hand in den Nacken. »Nach denen dreht sich niemand um, was, Sohnemann?«

Und kurz sah ich sie mit seinen Augen: Julies Kleid, das ihr schief und zipfelig um die dürren Beine hing, Hester, die dahinwalzte, während ihre Zöpfe sich auflösten, und Mutter, deren Hintern arrhythmisch zu ihren Schritten schwabbelte. Sie hatte einen rosa Fleck auf der Schulter und einen Pickel im Nacken. Ihre Unvollkommenheiten ließen sie mich noch mehr lieben. Sie plauderten über eine Nachbarin, die drei räudige Katzen hatte. »Die stinken so«, sagte Hester. »Sie stinkt ebenfalls«, rief Julie. »Und sie sagt nie danke oder so was«, fügte Hester hinzu. »Ihr müsst euch bemühen, nett zu ihr zu sein«, sagte Mutter, »sie kann ja nichts dafür. Vielleicht ist sie einfach nur einsam und unglücklich.« »Miefige alte Stinkesocke«, sagte Julie.

Wir hatten sie eingeholt, und Vater nahm seine Hand von meinem Nacken, um einen Schluck aus seinem Flachmann zu trinken.

»Nun denn«, sagte er großspurig. »Sind wir bei den ewigen Wahrheiten, hm, oder geht's um die Lage der Nation?« Er beugte sich vor und sagte hinter Mutters Ohr: »So ein blödes Gesabber, mein Gott, kannst du nicht mal …«

»Wir sind kindisch, ich weiß«, flüsterte sie und fasste seinen Arm. »Sie freuen sich ja so auf ihre kleinen Ausflüge.«

»Kuschelige-wuschelige Familiwilie«, sagte er und schnupperte die Luft, als wir auf den Pfad zur Klippe einbogen.

Kaum sahen wir das Meer, rannten Hester, Julie und ich los und warfen Steinchen. Hester und ich schafften es, ein oder zwei über die Wasseroberfläche hüpfen zu lassen. Julie fing an zu weinen, weil es ihr nicht gelang. Ich suchte für sie ein paar besonders flache Kiesel, aber sie schaffte es einfach nicht. Ich schaute mich nach Mutter und Vater um. Der Wind wehte ihre Haare über seine Brust, und sie schaute zu ihm hoch und zog ihn an sich. In diesem Augenblick konnte man sich gut vorstellen, wie sie früher miteinander umgegangen waren. Aber sein von ihr umklammerter Arm hing seitlich herab, und er starrte mit zurückgelegtem Kopf auf das funkelnde Wasser hinaus, als würde er von Reisen in weit entfernte Länder träumen. Einen Augenblick dachte ich, er würde seine freie Hand an ihre Wange legen, aber er hielt nur sein Jackett fest, damit es ihm nicht von der Schulter rutschte. Ihr Verlobungsring mit dem Türkis funkelte in der Sonne. Auch Julie schaute sich zu ihnen um, und in ihren Augen war so viel Freude und Hoffnung.

Mutter rief uns, und dann gingen sie uns voraus den Abhang wieder hoch.

»Geht dem alten Mädchen zur Hand, ihr faulen Nichtsnutze«, rief Vater uns zu.

Alles war wieder in Ordnung, und ich nahm den Korb, so dass Mutter mit meinen Schwestern unbeschwert vorauslaufen konnte. Der Wind blies ihnen die Röcke bis zu den Oberschenkeln hoch, und Vater pfiff und legte mir wieder die Hand um den Nacken.

»Scharfe Schlüpfer«, murmelte und verzog angewidert das Gesicht.

Mir war das peinlich, und ich wollte weglaufen, weg von ihm, aber über sein Augenverdrehen musste ich kichern. Ich vermutete vage, dass auch er eine Hoffnungslosigkeit in sich hatte, die er mit mir teilen wollte, aber warum sollte das bedeuten, dass ich meine Mutter und meine Schwestern weniger liebte, weil ich sie für lächerlich hielt, während er versuchte, mich auf seine Seite zu ziehen, indem er selber lächerlich war? »Glückliche Tage«, seufzte er und trank dann wieder einen großen Schluck aus seinem Flachmann. Sein Gesicht war rosa mit grauen Streifen darin, und er gab mir einen Schubs in den Rücken, als hätte mein dünnes Lachen uns beide verraten.

Wir fanden eine windstille Senke, wo Mutter die Decke ausbreitete und den Lunch herrichtete. Julie kniete sich hin, um ein hartgekochtes Ei zu nehmen, und Vater schlug ihr aufs Handgelenk.

»Manieren!«, rief er.

Sie schaute ihn einige Sekunden wie von Liebe getroffen an, dann traten ihr die Tränen in die Augen, und sie kniff den Mund zusammen, damit sie nicht überquollen – was sie schon vor so langer Zeit gelernt hatte, dass sie in meiner Erinnerung immer schon so war.

Mutter drückte ihr die Hand und murmelte: »Ist schon in Ordnung, Liebling. Lass uns die Eier einfach erst schälen. Das tust du doch gern, oder?«

Hester nahm ihre Brille ab und hauchte die Gläser an. Das tat sie immer, wenn sie nicht wollte, dass etwas Bestimmtes passierte. Jetzt macht sie es Julie zuliebe, dachte ich – um ihr zu zeigen, dass sie sich die Sache nicht zu Herzen nehmen dürfe, so tun müsse, als hätte sie es gar nicht bemerkt. Sie putzte die Gläser mit dem Saum ihres Kleids und setzte sich die Brille dann wieder auf. Ihre Hände zitterten, und einer der Bügel stach ihr ins Auge.

»Wenn ihr es genau wissen wollt«, sagte Vater und

sah Mutter scharf und beinahe hasserfüllt an. »Meiner bescheidenen Meinung nach sind beschissene schlechte Manieren ganz und gar nicht in Ordnung.«

Er schaute zu mir und blinzelte. Ich grinste zurück, aber es wäre mir lieber gewesen, ich hätte es nicht getan. Julie sah es, das weiß ich, weil sie mich anschaute, als hätte ich sie hintergangen. Ich glaube, Hester sah es auch. Hinter dem Funkeln ihrer Brille schienen ihre Augen anzuschwellen und feucht zu glänzen, als wäre, an Julies Stelle, sie es, die weinte. Bei Mutter bin ich mir nicht sicher. Ich konnte es nicht ertragen, sie anzuschauen. In diesem Augenblick fiel der Entschluss, dass er tot sein sollte.

Mutter beschäftigte sich weiter damit, das Picknick herzurichten. »Wir hätten uns mehr bewegen sollen, um Appetit zu bekommen«, sagte sie und versuchte dabei, praktisch zu klingen, doch ihre Stimme zitterte.

Vater biss in ein Sandwich. »Nach einem Jahr Zuchthaus isst ein Mann alles.« Es war als Witz gedacht. Ich hatte Mutter heute frühmorgens das Picknick vorbereiten sehen, wie sie an alles gedacht hatte. »Schwarze Johannisbeerkonfitüre, die mag euer Vater am liebsten«, sagte sie.

Plötzlich blies eine Bö die Decke über das Essen und warf die Limonadenflasche um. Julie griff danach und stieß dabei die Thermoskanne mit Tee um. Dann fingen sie und Hester an zu kichern, krochen umeinander herum und suchten den Flaschenverschluss. Mutter schaute Vater an und wartete...

»Was für ein verdammtes Chaos«, sagte er und legte

mir die Hand aufs Knie. »Da sollten sich wohl die Jungs drum kümmern. Sei ein guter Junge und schau, ob du ein bisschen Ballast findest. Der Allmächtige hat Blähungen. Hat anscheinend ein paar Bissen von einem dieser Sandwiches gegessen.«

Das brachte Hester und Julie zum Lachen, aber nur, weil sie es tun mussten. Mutter hatte den Kopf gesenkt und ordnete die Lebensmittel auf der Decke neu. Ich dachte mir, wenn sie jetzt hochschauen würde, wären ihre Augen geschlossen, und das Gesicht wäre feucht von Tränen. Sie schien vor sich hin zu murmeln, dass sie sich zusammenreißen müsse.

Ganz in der Nähe stand eine alte Geschützstellung, wo ich Ziegel- und Betonbrocken aufsammelte. Eine Tollkirsche wuchs auf der Seite des Eingangs, wo zwei parallele Listen von Jungen- und Mädchennamen gekritzelt standen, die alle bis auf die letzten durchgestrichen waren. Zwischen ihnen hatte jemand ein Herz mit Pfeil gezeichnet und mit »fickt« überschrieben. Belladonna ist der korrekte Name der Pflanze, hatte unser Naturwissenschaftslehrer uns gesagt und dazu einen Witz über die fatale Anziehungskraft schöner Frauen gemacht. Ich pflückte eine Beere, wickelte sie in mein Taschentuch und kehrte mit einem Armvoll Geröll zurück. Wir verteilten die Brocken auf dem Deckenrand, aber der Wind hatte sich gelegt, und wir brauchten sie nicht mehr.

Ich setzte mich neben die Sandwiches, und Julie bat um das letzte mit Schwarzer Johannisbeere.

»Wenn du es auch nur anrührst, junge Dame, lasse ich

mich von dir scheiden und gehe zu Sue«, sagte Vater, richtete sich auf den Knien auf, ließ die Backen wackeln und schnaubte wie ein Pferd. Mutter lächelte uns an, und Hester folgte ihrem Beispiel. Es hätte wieder alles in Ordnung sein können, aber Julie weigerte sich zu lächeln, selbst als er sein Schimpansengesicht machte und sich unter den Achseln kraulte. Ich hatte mein Taschentuch herausgeholt, die Beere lag darunter. Dann stand Vater auf und imitierte einen langhalsigen Vogel, er stieß den Kopf nach vorne und wackelte im Kreuz mit der Hand. Plötzlich hörte er auf und schaute auf die Mädchen hinunter, die einander anstarrten und ihr Zwinkerspiel spielten.

Er zuckte die Achseln. »Lustiger Mann ein völliger Flop. Ich verstehe. Gott allein weiß, man hat es ja zumindest versucht. Ist bei euch doch alles Zeitverschwendung.«

Er war verärgert, und Mutter umarmte die beiden, als wollte sie ein Lachen aus ihnen herauspressen. Es wirkte so trotzig von ihr. Ich steckte die Beere in das Sandwich und drückte die Scheiben zusammen, bis ich sie platzen hörte. Eine Sekunde lang wünschte ich mir, ich hätte es nicht getan, doch dann schaute Vater die Mädchen mit zusammengekniffenen Augen an und sagte mit solchem Abscheu in der Stimme: »Die hässlichen Schwestern bewerben sich für eine Peep-Show. Das reicht, um aus dem Butler einen Schwulen fürs Leben zu machen.«

Jetzt sah ich sie wieder mit seinen Augen, ihre Röcke, die über den Knien Falten schlugen, die zerzausten Haare, die offenen Lippen feucht. Hesters Blick senkte sich auf ihre abgekauten Nägel, und mir fiel wieder ein, dass ich sie einmal vor dem Spiegel flüstern gehört hatte: »Lieber Gott, mach mich sexy und hinreißend.« Und ich hatte Mutter gesehen, wie sie an ihrem Toilettentisch saß, sich schminkte und dabei das Gesicht verzog, als wollte sie jemand anders sein. Einmal ertappte ich sie dabei, wie sie seitlich vor dem großen Spiegel im Bad stand, sich von oben bis unten musterte und ihre nackten Brüste hob.

Vater starrte, die Hände an den Hüften, auf uns herab, warf dann den Kopf zurück und lachte. »Sagt nie, ich hätte euch nicht gewarnt«, sagte er und fing an zu singen: »Über sieben Brücken musst du gehen …«

Er setzte sich und biss kräftig in das Sandwich. Hester und Julie aßen Eier mit offenen Mündern, sie kauten um die Wette.

»Schau dir nur diese beiden an«, sagte Vater. »Die Schlampen-AG.« Und er äffte sie nach, stopfte sich den Rest des Sandwiches in den Mund und knurrte wie ein Hund.

Ich wartete darauf, dass er sich an den Bauch fasste und mit einem entsetzlichen Röcheln zur Seite kippte.

»Tut uns leid, Daddy, wir haben doch nur …«, sagte Hester.

»Tut uns leid, Daddy«, wiederholte Julie.

Und sie meinten es beide ernst, sie schluckten die Reste hinunter, streckten die Beine aus und strichen sich die Kleider über die Knie. Plötzlich war alles in Ordnung, eine sanfte Brise wehte, und der Himmel war etwas bewölkter, so dass die Sonne nicht mehr so heiß brannte. Vater trank noch einige Schlucke aus seinem Flachmann, und wir lagen auf der Decke und spielten lachend Schnippschnapp. Später gingen wir alle zum Meer hinunter, paddelten und warfen Steine, und dann spielten wir Crockett. Hester und Julie hingen förmlich an ihm, und Mutter versuchte linkisch mitzumachen. Sie hatten ein Lachen im Gesicht, wie ich es noch nie gesehen hatte, als wäre es die ganze Zeit schon so gewesen wie jetzt und würde immer so sein. Ich war froh, dass er sterben würde, während wir eine glückliche Familie waren und es nicht so bleiben konnte.

Auf dem Rückweg zum Bahnhof sagte er, ihm sei schlecht. »Irgendwas in diesen Sandwiches. Warum müssen es eigentlich immer durchgeweichte, eklige Sandwiches sein?«

Und bald war es so schlimm wie eh und je. Der Zug hatte Verspätung, und die Mädchen weinten, Julie, weil sie eine Blase hatte, und Hester, weil sie ihren neuen Armreif verloren hatte. »Um Himmels willen«, sagte Vater, »hört auf zu flennen, ihr grässlichen Dinger.« Dann stand er am Bahnsteigrand, spähte die Gleise entlang und schaute dauernd auf die Uhr oder in den Himmel, der sich zunehmend bewölkte und bereits erste Tropfen schickte. Mutter und die Mädchen saßen eng beieinander auf einer Bank, und sie flüsterte ihnen sehr eindringlich etwas zu. Ich dachte, vielleicht hatte der Naturwissenschaftslehrer erwähnt, dass es ein langsam wirkendes Gift sei, und bestimmt würde er heute Nacht schreiend und sich krümmend sterben. Als der Zug kam, stellte ich mich deshalb hinter ihn und überlegte, ihm einen Schubs zu geben, aber

Hester rannte an mir vorbei, zog ihn vom Rand weg und rief: »Tut mir leid, Daddy, es war doch nur ein blöder Armreif. Danke für den wunderschönen Tag. Darf ich im Zug neben dir sitzen? Mummy hat gemeint …«

Er hob sie in die Höhe und küsste sie auf die Lippen und sagte: »Du bist ja doch meine Schöne. Natürlich darfst du, wenn wir uns gegen die Konkurrenz wehren können.« Aber er hatte einen funkelnden, verschlagenen Ausdruck im Gesicht, eine Grimasse des Abscheus, des Schmerzes.

Auf der Fahrt nach Hause wurde nicht gesprochen. Mutter und die Mädchen schauten durch die Regenrinnsale am Fenster hinaus, und Vater döste.

Als wir ankamen, sprang er auf und sagte: »Gott sei Dank ist das vorbei! Und jetzt zu einem ernsthafteren Vergnügen.« Er schüttelte den Flachmann, um zu zeigen, dass er leer war.

Beim Abendessen starrte er auf seinen Teller hinunter und schaute hin und wieder über den Tisch zu uns. Er aß fast nichts, und Mutter versuchte, ein Gespräch in Gang zu bringen – über die Schule tags darauf, die Sachen, die wir nicht vergessen durften. Als sie die Mädchen früh zu Bett schickte, kam von Julie wieder Jammern. Hester wollte ihm einen Kuss geben, aber er wandte den Kopf ab. Inzwischen war er benommen, die Stimme klang verwaschen.

Als Julie ihn bat, sie ins Bett zu bringen und gut einzupacken und ihnen eine Geschichte vorzulesen, schüttelte er den Kopf und schaute auf seine Shepherd's Pie hinunter und sagte zu Mutter: »Dir ist schon bewusst, oder, dass das völlig ungenießbar ist. Und was kalten Spinat angeht…«

Dann verließ er das Zimmer, und wir hörten die Haustür krachen.

»Eurem Vater ist es letzte Nacht nicht gutgegangen«, sagte Mutter am nächsten Morgen. »Ich werde ihm jetzt eine schöne Tasse Tee machen.«

Wir gingen zur Schule, und als sie die Tür hinter uns schloss, hörten wir ihn mit seiner Paul-Robeson-Stimme »Onward Christian Soldiers« singen. Die Spötterei hatte bereits wieder begonnen, aber das wussten wir nicht und sangen das Kirchenlied mit, als wir die Straße hinuntergingen. Der Morgen war immer die beste Tageszeit, auch wenn er zu Hause war, denn Mutter schaute uns mit so viel Liebe in den Augen an, lächelte dann einfach in sich hinein, sah mit einem Schauder der Überraschung zur Helle des Himmels hoch und umfasste sich mit den Armen.

Am folgenden Abend sagte sie ganz beiläufig, während sie unser Welsh Rarebit auf den Tisch stellte: »Euer Vater hat uns verlassen.« Sie zeigte uns seinen Brief.

»Geliebte Brut. Ich kann nicht ernsthaft glauben, dass ich euch, von ein paar Minuten abgesehen, glücklich machen kann. Tut mir furchtbar leid, Leute. Es wäre besser für euch, wenn ich den Löffel abgegeben hätte, und so ist es am zweitbesten. Aber täuscht euch nicht, ich tue es um meinetwillen. Bleibt gesund, kümmert euch um eure Mutter und versucht, mir zu vergeben.«

Er hatte es so schnell hingekritzelt, dass ich es kaum lesen konnte. Der Brief lag auf dem Tisch, und niemand schien zu bemerken, dass ich ihn nahm und in meine Schultasche steckte. Ich weiß nicht mehr, wann ich ihn vernichtet habe, davor muss ich ihn aber hunderte Male gelesen haben. Ich fragte mich, warum ich mich nicht glücklicher fühlte, und ich kann mich nicht erinnern, wie Hester und Julie reagierten. In meiner Erinnerung gab es nur Schweigen und dann Mutters Gesicht, als sie sagte: »Also los, ihr zwei. Zeit fürs Bett.« An ihrer Sorge um uns gab es keinen Zweifel, und auch nicht an dem Glück, das sie für einen kurzen Augenblick überstrahlte. Doch es wurde sehr schnell verdrängt von tiefstem Kummer, denn nun kam sie sich noch mehr wie eine Versagerin vor als zu der Zeit, da er noch bei uns war.

Sie redete nie über ihn und schaute uns kaum in die Augen, so als hätte sie Angst, durchschaut zu werden, und alles, was passierte, wäre ihre Schuld. Sie kümmerte sich nicht um sich selbst, als müsste alles für uns aufgespart werden. Ich weiß noch, dass Julie und Hester anfangs bis weit in die Nacht flüsterten und viel weinten, plötzlich und ohne Vorwarnung, als hätte irgendetwas sie wieder daran erinnert. Schon sehr bald fragten sie nicht mehr, wann er nach Hause käme, denn Mutter antwortete ihnen nicht und tat, als hätte sie nichts gehört. Julie brüstete sich manchmal damit, dass er in Afrika wohltätige Arbeit verrichte, einmal behauptete sie sogar, sie hätte ihn im Fernsehen gesehen, wie er Säcke mit Lebensmitteln verteilte. Sie war es, die am meisten darunter litt und am meisten weinte. Er ging ihr nicht aus dem Kopf, manchmal wachte sie mitten in der Nacht auf und rief nach ihm, sagte dann, sie hätte ihn die Treppe hochkommen hören oder in der Tür stehen sehen. Oder sie bildete sich ein, sie hätte ihn auf der Straße gesehen, lief zu ihm – und zupfte einen Fremden am Ärmel.

Julie und Hester taten sofort, was man ihnen sagte, als würde nur ein böses Wort die ganze Welt zum Einsturz bringen. Was mich angeht, so glaube ich, war ich sehr froh, dass wir einander nun endlich ganz für uns hatten, ohne Verstohlenheit oder das Risiko eines Verrats oder das ständig nagende Misstrauen. Es waren furchtlose, ereignislose Zeiten, und wir merkten einfach nicht, dass Mutter anfing, den Verstand zu verlieren. Deshalb waren wir schockiert, aber irgendwie nicht überrascht, als sie eines Nachts kurz nach Julies Auszug nur in Unterwäsche und mit einem leeren Koffer in der Hand auf der Straße aufgegriffen wurde.

Als ich sie im Krankenhaus besuchte, murmelte sie Psalmen und erkannte mich nicht. Hester kam, wann immer sie konnte, aus Birmingham und erzählte mir so ziemlich dasselbe, wobei sie hinzufügte, wie ich mich zu erinnern meine, man könne ja nie wissen, es sei durchaus möglich, dass sie eines Abends plötzlich aufwachte und sich fragte, wo wir waren und was aus uns geworden war. Oft sprach ich mit Julie, die zu der Zeit ihren zweiten

Sekretärinnen-Kurs abschloss und sie jedes Wochenende besuchte. Sie sagte mir nur, ihr Zustand sei unverändert. Ich vermute, sie glaubte, wie ich jetzt, dass über solche Dinge nichts zu sagen war und ist, von niemandem.

Dann kam der Krebs. Sie überlebte nicht lange. Bei der Beerdigung sagte ich zu Hester, es sei eine »Erlösung«. Zuerst reagierte sie nicht, dann fragte sie, wie man sich des Werts irgendeines Lebens je sicher sein könne. Julie war einfach überwältigt, während der kurzen, nur symbolisch religiösen Kremationszeremonie hatte sie die Augen geschlossen und fasste uns an den Händen. Ihre einzigen Worte, an die ich mich erinnere, waren: »Und betet auch für Vater.« In diesem Augenblick fiel mir wieder ein, um wie viel mehr als Hester und ich sie Vater vermisst hatte. Sie war es gewesen, die um seine Gute-Nacht-Geschichten gebettelt und gestrampelt hatte vor Vergnügen über seine lustigen, dramatischen Stimmen, als hätte es die Ungeduld und die Wutausbrüche nie gegeben.

Eines windigen Tages einige Zeit später stand ich allein im Rosengarten und sah zu, wie Mutters Asche sehr ehrerbietig von einem Mann in einem schwarzen Gehrock verstreut wurde. Wie oft hat er das wohl schon getan, fragte ich mich. In diesem alten, angespannten, entschlossenen Gesicht und den weit offenen, kompromisslosen Augen sah ich, dass die Ehrerbietung aufrichtig und nicht nur um meinetwillen aufgesetzt war. Ich blieb noch eine Weile dort, sah zu, wie die Asche von den Rosenblättern geweht wurde. Als er an mir vorbeikam, nahm er meine

Hand und drückte sie mit seinen beiden, und es wirkte merkwürdig unprofessionell für jemanden, der mit einem schlichten, abgeklärten Pragmatismus sein Leben unter Trauernden zubrachte.

Jetzt fällt mir wieder ein, Mutter hatte unseren Vater einmal erwähnt, hatte etwas über »euren Vater in Afrika« gemurmelt und dann abgebrochen. Vielleicht dachte sie, wir, Julie vor allem, wollten uns vorstellen, dass er dort hervorragende und mutige Taten vollbrachte, was viel wichtiger war, als zu Hause zu bleiben und sich um die Familie zu kümmern. Manchmal sagte sie, vielleicht nach einem Kirchgang oder wenn sie im Fernsehen etwas über christliches Leben gesehen hatte, dass »in der Welt gute Werke zu verrichten seien«. Aber das sagte sie sehr leise, als wäre es eine komische Idee, sich überhaupt vorzustellen, dass so etwas wirklich möglich wäre.

Eines Tages hatte ein Mann sie besucht, und ich hörte ihre Stimmen stockend im Wohnzimmer, als wären sie alte Freunde, die nicht mehr so recht wussten, was sie einander sagen sollten. Vater sei bei einem Autounfall ums Leben gekommen. Ich hörte Mutter fragen: »Hatte er getrunken?« Und dann, nach einer Pause: »Na, dann hat er sicher nichts gespürt.«

Ich kann mich nicht erinnern, ob sie mir sagte, dass er tot sei. Aber zu der Zeit war ich nicht viel zu Hause, und die Mädchen waren an diesem Tag woanders, auf einem Ausflug nach Frankreich, glaube ich, und als sie zurückkamen, war ich schon wieder weg. Es war eins der ersten Erlebnisse, die wir nicht miteinander teilten. Als ich ungefähr eine Woche später zurückkam, fand ich sie in der Küche, wo sie fröhlich miteinander Scones buken. Sie lachten, als wäre nichts passiert. Aber es war die Art Gelächter, das man als Schutz gegen das drohende Elend des Schweigens aufrechterhalten muss, als Ausgleich für die Mühe, etwas sowohl Wahres wie Tröstendes zu sagen. Mutters Lachen klang irgendwie hart, fast wie ein Gackern, was, zusammen mit ihrem Schniefen und der Zappeligkeit, das erste Anzeichen dafür war, dass ihr das Leben aus den Händen glitt. Ab und zu umarmte sie Hester und Julie, drückte sie scheinbar ohne Grund. Was soll ich dazu sagen, außer vielleicht, dass sie den Gedanken nicht ertragen konnte, uns zusammen mit allem anderen an die Welt zu verlieren?

Was gibt es sonst noch zu sagen? Es bestand ein Vertrauen zwischen uns, das nun schon lange nicht mehr geprüft wurde, da wir getrennte Wege gegangen sind, doch wir waren bereits Fremde in unserem gemeinsamen Wissen um Lieblosigkeit, die unerwünscht und wechselhaft ist wie das Wetter am Meer, und jeder Morgen trägt die Dunkelheit bis in den Tag hinein.

Ich beschloss, Hester diesen Bericht nicht zu schicken, obwohl sie mich gebeten hatte, ihn zu schreiben. Julie könnte ich ihn mit Sicherheit nie zeigen, denn sie führt inzwischen ein Leben, das sie, wie ich befürchte, nicht lange wird aufrechterhalten können.

Als ich mit Hester sprach, redete ich mich heraus und sagte, ich hätte noch keine Zeit dazu gefunden. »Wie auch immer, vielleicht willst du lieber nicht mehr daran erinnert werden.«

»So ist es nicht«, erwiderte sie barsch und redete dann unvermittelt davon, dass sie aus ihrer Wohnung ausziehen und sich ein Cottage kaufen wolle.

Ich ließ nicht locker. »Für Mutter war das wohl kein großer Spaß, nichts von alledem, oder?«

»Na ja, ich glaube nicht, dass wir irgendwas am Spaß messen sollten, außer wir wollen uns permanent selber leidtun.«

Sie hatte das Thema abgeschlossen, und ich stellte mir ihre harten, leidenschaftslosen Augen durch das Funkeln ihrer Brillengläser vor, die von ihnen nicht zu unterscheiden waren. Ich muss sie unbedingt besuchen. Aber will sie mich überhaupt sehen, und was würden wir einander sagen können? Als ich sie gestern anrief, räsonierte ich über den allgemeinen Verfall: all die düsteren und verzweifelten Symptome des Niedergangs, während die Ideologen ihre Phrasendrescherei auf die Spitze trieben und die Schieber und Glücksritter und Zyniker sich an den Trögen mästeten – alles aus einem Artikel, den ich zu der Zeit schrieb. Am Ende sagte sie: »Hast du nicht das Gefühl, Johnny, dass du selber auch manchmal ein paar Phrasen drischst?«

Nun, da ich mich in der Welt behaupten musste, wusste ich bereits, dass die Vergangenheit entbehrlich war, dass Hester und Julie mir immer weniger bedeuteten, dass ich lernen musste, auch Mutter nach ihrem Tod schnell aus dem Kopf zu bekommen. Der Bericht wurde geschrieben, nicht um die Vergangenheit zu bewahren, sondern um sie aus dem Weg zu schaffen.

Ein letzter Gedanke, bevor ich das alles hinter mir lasse und mich mit den Dingen beschäftige, die im Hier und Jetzt wichtig sind: Je intensiver ich versucht habe, den Tag des Picknicks wiederaufleben zu lassen, desto häufiger habe ich ihn mit anderen Erlebnissen kombiniert und alles zu einem einzigen Ereignis zusammengefasst. Der Hauptgrund, warum ich ihn Hester nicht schicken werde, ist, dass ich nicht aufhören kann, mich zu fragen, ob sie gesehen hat, wie ich die Tollkirsche in Vaters Sandwich steckte und mit erhobenen Händen auf ihn zuging, als der Zug einfuhr. Sie hat mir zuliebe geschwiegen, und das heißt, sie hat zwischen uns beiden wählen müssen, was sie mir immer übelnehmen wird. Und mir jetzt, da meine Karriere sich entwickelt, noch mehr übelnimmt. »Ach, du bist ja so *brillant*! Du bist so *klug*!«, sagten sie immer, wenn ich sie in ihre Schranken weisen wollte. Ich kann mir nie sicher sein, was zwischen ihnen unausgesprochen blieb, mit Sicherheit viel mehr als nur die Enthüllung, die Hester, weil sie Julie schonen wollte, nicht aussprechen konnte: »Er hasste unseren Vater. Er wollte ihn tot. Uns zuliebe. Mutter zuliebe.« Denn Julie hätte das nie ertragen, eine zerbrochene Liebe bei dem Wenigen, was ihr noch geblieben war.

Ich fürchte, Hester würde denken, ich hätte das alles falsch gesehen, und es könnte auch nie völlig richtig sein; und vielleicht wäre es auch, je wahrheitsgemäßer, umso weniger heilsam. Falls ich sie besuchte, könnte ich mich denn zurückhalten und nicht über Tyrannei und die Grenzen der Toleranz schwadronieren, über die Bedeutung der Rechtswohltat des Zweifels, über die Bedingungen der Freiheit im Konflikt zwischen dem Einen und den Vielen, über die Grenzen unseres Rechts, anhand dessen, was wir selber zu ertragen bereit sind, darüber zu urteilen, was erträglich ist? Über Julie würden wir gar nicht reden. Ich würde nicht lange bleiben. Ich hätte es eilig zurückzukehren, um einen Abgabetermin einzuhalten, an meinem Buch weiterzuarbeiten. Es wären zu viele Fragen zu stellen, die nie beantwortet werden können: »Hätten wir ihm je verzeihen können? Hast du je mit Julie darüber gesprochen? Wie sehr hat sie ihn auch nach der langen Zeit immer noch geliebt? Wie sehr du? Und was ist mit Mutter? Was ist mit ihrer Liebe zu ihm, die sie irgendwann einmal mit überwältigendem Glück erfüllt haben muss, ihrer Liebe füreinander?«

Auf all das würde sie wohl nicht antworten wollen. Was man nicht ändern kann, soll man auf sich beruhen lassen. Ich wünsche mir, ich wünsche mir so sehr, ich könnte mir all dessen wirklich sicher sein. Wie sehr berührt sie das inzwischen überhaupt? Während sie versuchte, Julie zu helfen, ihr Leben in den Griff zu bekommen, dachte sie da je daran, wie wenig für ihr eigenes Leben übrig bleiben würde – dass alles sehr bald im Nebel des Vergessens versinken würde und dass, wie wahr auch immer, keine Klarheit, kein Verständnis lange bewahrt werden kann? Und dann sehe ich einen Satz, den ich eben geschrieben habe, über die blinde Bestie, die sich in ihrer Höhle suhlt, und höre Hester sagen: »Und du hast diese ganze Klugheit, die du erst noch aufbrauchen musst.«

III

Und so faselte sich mein Bericht zu einem Schluss. Er wurde vor so langer Zeit geschrieben, und jetzt hat ihn auch Hester endlich gesehen. Am nächsten Morgen fragte ich sie, ob es falsch gewesen sei, dass ich ihn ihr nicht schon früher geschickt hatte – schließlich hatte sie mich gebeten, ihn zu schreiben, an diesem Tag in der Cafeteria des Krankenhauses, wo Mutter irgendwo über uns im Sterben lag. Ich meinte, es sei schon komisch, dass ich ihn überhaupt aufbewahrt hatte, aber vermutlich hätte ich geahnt, dass die Zeit dafür kommen würde. Wie oft, sagte ich, hatte ich einen kurzen Blick auf den Ordner da an der Ecke meines Schreibtisches geworfen und dabei gedacht: Na, das ist jetzt alles aus und vorbei, Gott sei Dank.

Sie saß ziemlich zusammengesunken in einer grauen Strickjacke und mit gefalteten Händen da, obwohl es ein kalter Morgen war und das Zimmer gut geheizt. Jetzt erkannte ich, wie krank sie gewesen war. Sie sah aus, als hätte sie mehrere Nächte nicht geschlafen. Ihre Augen schauten mich durch diese dicken Brillengläser hindurch an, die ihr einen feindseligen Blick verliehen, als hätte ich sie unterbrochen, und ihre Gedanken wären ganz woanders. So war es wohl in den letzten Wochen und Monaten für sie gewesen, sie hatte dem Tod direkt ins Auge geschaut und alles aufgeboten, was sie an Furchtlosigkeit besaß. Doch Hester war schon immer so, auch als Kind – ergeben und entschlossen, mit dem festen Willen, sich von absolut nichts den Mut rauben zu lassen. Wie hatte es im Bericht geheißen? Wie früh hatte sie gelernt, dass Gott sie nie sexy und hinreißend machen würde?

Schließlich wandte sie den Blick ab. »Na, das hättest du ja wohl kaum machen können, mit diesem Geständnis darin, oder?«

»Und alles andere, vielleicht ein bisschen barsch und anmaßend.«

»Na ja, wir ändern uns alle, nicht? Du warst ein wenig dogmatisch in dieser Zeit, wusstest schon genau, was du wolltest, wie man so schön sagt.«

»Bin ich immer noch. Ziemlich eingenommen von mir selber?«

»Wir haben doch nur uns. Von wem können wir denn sonst eingenommen sein? Wichtig ist, dass man Raum für andere schafft, nehme ich an. Du gibst es ja zu, Johnny, du wolltest das alles aus dem Weg haben. Du wolltest dich nicht mit der Vergangenheit belasten.« Sie hielt inne, und ihre Augen wirkten etwas größer. Es war, als hätte sie den Kopf geneigt, um die Lichtreflexionen auf ihren Gläsern zu löschen. Es war eine Frage. Sie fügte nicht hinzu: Und willst es noch immer nicht. Und wolltest es im Grunde nie.

Wir beließen es dabei und redeten über andere Dinge, allerdings noch nicht über Julie. Wir merkten allmählich, dass wir eine ganze Menge nachzuholen hatten. Wir hatten einander kaum gekannt und entdeckten jetzt, dass wir uns vielleicht ganz gut leiden konnten. Der Bericht wurde nicht mehr direkt erwähnt, war aber im Hintergrund immer vorhanden – auch wortwörtlich, auf dem Tisch neben ihrem Lehnsessel, wohin sie ihn gelegt hatte.

Das Wetter zeigte sich von seiner schönsten Herbstseite: ein klarer, blauer Himmel, hohe Wolken und ein stetiger, lauer Wind mit einer Vorahnung von Kälte, die sich heranschleichen wollte, aber noch in Schach gehalten wurde. Der Sommer war feucht gewesen, und das Gras auf den Hügeln war grün und wogte hinunter bis zu den Rändern der glänzenden, üppigen Äcker. Der erste Rauch stieg aus Gehöften und Dörfern, und am frühen Morgen sahen wir die schwachen, zarten Wölkchen unseres Atems.

Das war das Muster unserer Tage. Gleich nach dem Frühstück ein gemeinsamer Spaziergang, ein frühes Mittagessen, den Nachmittag nahm sie sich zum Ausruhen und ich zum Lesen und Arbeiten, und die Abende verbrachten wir wieder gemeinsam. Es war ihr sehr wichtig, gut für mich zu kochen, mir zu zeigen, dass ich eine kompetente, gastfreundliche Schwester hatte, die wusste, was ein großer Bruder an Fürsorge verdient hatte. Ich glaube, unser Wiedersehen machte sie glücklich. Und tatsächlich sagte sie in einem ihrer seltenen spontanen Augenblicke: »Es bedeutet mir viel, Johnny, dass du da bist.«

Sie hatte ein kleines Auto, und am späten Vormittag des zweiten Tages fragte sie mich, ob ich etwas dagegen hätte, mit ihr in ein Gemeindezentrum in der fünf Meilen entfernten Stadt zu fahren, wo tagsüber einige ältere Herrschaften zusammenkämen »für ein Pläuschchen und ein anständiges Mittagessen«. Ich verabschiedete mich vor der Tür des Zentrums von ihr, um einige Einkäufe zu erledigen, und als ich zurückkam, ging ich hinein und sah sie hinter einer Anrichte stehen, Essen ausgeben und entspannt plaudern, als wäre sie unter alten Freunden. Immer wieder war Lachen zu hören. Deutlich konnte man die Zuneigung und Dankbarkeit, ja sogar die Freude sehen, die inmitten von Altersschwäche und Einsamkeit aufkamen. Ich setzte mich so unauffällig, wie ich konnte, in den Aufenthaltsbereich. Brettspiele, ein Schach, mehrere Päckchen Karten, Bingo-Karten und Zeitschriften lagen nach einem Vormittag voller Aktivitäten überall verstreut, und am anderen Ende des Saals setzten sich etwa zwanzig Senioren an Tische, um zu essen. Hester wusch bereits die Töpfe und Pfannen und plauderte mit den anderen Helfern. Ich sah kurz ihr Gesicht, als sie die Brille abnahm, um sie zu putzen. Einen Augenblick dachte ich, sie würde weinen, aber die Tränen kamen von der Hitze in der Küche. Wieder war Lachen zu hören, und Hester warf in einer Geste gespielter Hilflosigkeit die Hände in die Höhe.

Dann ging sie zu den Tischen, und die uralten, gebeugten Köpfe nickten, um ihr zu zeigen, dass das Essen in Ordnung war. Ein alter Mann umfasste ihre Hand mit seinen beiden und schüttelte sie. Als er sie wieder losließ, strich sie ihm über den Rücken und beugte sich zu ihm, um ihm etwas ins Ohr zu flüstern. So hatte ich Hester noch nie gesehen, unter alten Menschen oder überhaupt unter Menschen. Ich weiß nicht so recht, ob sie wollte, dass ich diese völlig andere Seite an ihr sah. Und dann musste ich unvermittelt an unsere Kindheit denken, daran, wie sie damals gewesen war: der reife, selbstbeherrschte Blick, wenn sie etwas verhindern wollte, die Augenblicke der Freude, wenn wir zum Meer rannten, nur flüchtige Erscheinungen auf dem Pausenhof einer Schule, und diese Ernsthaftigkeit, die in den Jahren nach Vaters Verschwinden noch gewachsen war. Sie war es, dachte ich mir, die viel tiefgehender als ich erkannt hatte, wie krank Mutter wurde. Und sie war es, die Julie trösten, sie in den plötzlichen Ausbrüchen von Verlustschmerz und Kummer beruhigen musste. Während ich Hester zusah, verglich ich sie mit dem Kind, das sie zwischen den Zeiten gewesen war, da Lasten geschultert werden mussten, nicht zuletzt die Last ihrer eigenen Person, die nie »sexy und hinreißend« sein würde. Damals wie jetzt war sie, zumindest eine Zeitlang, von dem befreit, was sie so gemacht hatte, wie sie war, damals wie jetzt wurde sie, mit den Worten des Dichters, nicht mehr »an des eignen Lebens Rand geschoben«. Ich hoffte, noch mehr von dieser Hester zu sehen, als sie mich bemerkte und zu mir kam.

»Kein schlechtes Essen, auch wenn ich das selber sage. Möchtest du was?«

Sie trug eine Schürze und wischte sich die Hände daran

ab. Ich schüttelte den Kopf und meinte, es sei zu früh für mich und ich wolle sie den anderen nicht wegnehmen und könne sehr gern auch die Zeit in der örtlichen Bibliothek verbringen, an der ich ein paar Straßen entfernt vorbeigekommen war.

»Nein, Johnny. Das ist unsere Zeit. Ich glaube, die schaffen es, auch mal ohne mich auszukommen.«

Wir verließen das Zentrum, und ihre gute Laune blieb. Ich wusste nicht so recht, was ich sagen sollte, außer sie nach dem Zentrum zu fragen.

»Ich gehe fast jeden Tag hin. Und dann gibt es noch die Ausflüge. Ich fahre da gerne mit. Vor allem ans Meer. Das gefällt ihnen auch. Ein bisschen Plantschen vielleicht. Es wird einem warm ums Herz, wenn man sie so sieht, mit den Schuhen in den Händen, aufgekrempelten Hosen und angehobenen Röcken, wie sie vorsichtig herumstapfen und lachen. Einmal fingen sie an, zu tanzen und zu kreischen, als eine von ihnen sagte, sie sei von einem Krebs gezwickt worden. An diesem Tag wurde auf der gesamten Rückfahrt nur gelacht. Ab und zu besuche ich auch Leute zu Hause. Da fällt mir ein … Hättest du was dagegen, ein bisschen zu warten? Ich muss da noch einen kurzen Abstecher bei jemandem machen …«

Ich wartete vor einem Reihenhaus, bis sie mich rief. »Komm rein, ich will dir Henry vorstellen«, sagte sie.

Im winzigen Wohnzimmer saß ein alter Mann in einem Lehnsessel. Er schaute mich an und sagte: »Na, wen haben wir denn da?« Er spähte zu mir hoch und wischte sich mit zitternder Hand die Mundwinkel. Die Schottenkarodecke rutschte ihm von den Beinen, und Hester wickelte sie ihm wieder um die Knie.

»Das ist mein sehr berühmter Bruder.«

Wieder hatte er Tröpfchen im Mundwinkel, und sie wischte sie mit ihrem Taschentuch weg. »Das ist also nicht mein neuer Pfleger?«

Hester half ihm auf die Beine und in ein Gehgestell. »Na komm, Henry, du weißt doch, dass du das auch sehr gut alleine schaffst…«

Während er davonhumpelte, sagte Hester: »Er kommt in ein Pflegeheim, sobald ein Platz frei wird. In dem Ort, in dem er sechzig Jahre lang gelebt hat. Die meisten davon mit seiner Frau. Schau dich um. Eine Welt der Erinnerungen, sooft er den Kopf hebt…«

Es war alles da. Mitten auf dem Kaminsims ein Silberrahmen mit dem blassen Foto eines eng umschlungenen Paars mit wehenden Haaren und breitem Grinsen, als hätte der Fotograf eben einen schlüpfrigen Witz erzählt. Aus der Sitzgruppe mit braunen Bezügen aus Samtimitat quoll die Polsterung, und überall im Zimmer standen Souvenirvasen, Aschenbecher und Untersetzer und jede Menge kleiner Figuren: diverses Landvolk, ein tanzender Seemann, ein Blumenmädchen, eine Tasse mit Churchill darauf, ein Pferd mit Pflug, ein grinsender Clown mit einem hohen, weißen Hut, und mittendrin einige wilde Tiere, ein Tiger, ein Löwe, ein Krokodil. Die beiden Reproduktionen an den Wänden zeigten ein altes Schiff mit geblähten Segeln auf hoher See und eine Herde Schafe, die an der Flanke eines hohen, zerklüfteten Bergs grasten.

»Die Zähmung des Dschungels«, sagte ich und deutete auf den Tiger.

Hester nickte. »Du siehst es, nicht? In der Küche und im Schlafzimmer sind noch andere Erinnerungsstücke. Drei Fotos seiner Frau im Schlafzimmer, als wollte er, dass ihn nichts von ihr ablenkt. Ein ganzes Leben, von dem ihm jetzt nichts geblieben ist außer Erinnerungen und tiefer, tiefer Verlust. Er wird nicht alles mitnehmen können. Sie war eine wunderbare alte Dame. Ein Lachen pro Minute. Sie vergötterten einander. Ach ja …«

Ich dachte an Hesters Wohnzimmer, in dem sich nichts wirklich Persönliches befand. Es gab nichts zu erinnern. Mein Wohnzimmer war auch nicht viel anders, gesteckt voll mit Büchern und Papieren und so gut wie keinem Erinnerungsstück. Henry kam zurück und sah, dass wir uns sein Leben anschauten. Ich deutete auf den Tiger.

»Ich fragte sie, wozu sie denn gerade so einen verdammten Tiger will. Hat mir nie eine richtige Antwort drauf gegeben. Ist doch nur ein Souvenir, meinte sie. Er stand ganz einfach im Regal in diesem Laden an diesem schönen Tag, den wir miteinander verbrachten. Also stellte ich ihn neben das Blumenmädchen. Noch so ein schöner Tag. Das war in Scarborough. Wie Sie sehen, hatten wir eine ganze Menge schöner Tage.«

Er setzte sich wieder in seinen Lehnsessel. Hester steckte ihm die Decke um die Beine fest und wischte ihm noch einmal den Sabber aus den Mundwinkeln.

»Wenn du je in dieses Heim kommst, wirst du deine Erinnerungen mitnehmen können.«

Er kicherte und tippte sich an den Kopf. »Kann diese Kiste mit altem Gerümpel ja schlecht zurücklassen, oder?«

Sie fragte ihn, ob sie noch etwas für ihn tun könne, bevor der Abendpfleger käme, und er schüttelte den Kopf.

Als wir gingen, sagte er: »Ich mag unsere kleinen Plausche, aber heute haben wir Gesellschaft. Ich weiß nicht, wer Sie sind oder was Sie wollen. Sie sollen nur eins wissen, guter Herr, ich hatte verdammt viel Glück, wirklich ein verdammt großes Glück, falls es Sie interessiert …«

Ich hob zum Abschied die Hand, und wir gingen.

Auf der Rückfahrt fragte ich Hester, ob sie ihn oft besuche. Sie zögerte mit der Antwort, tat so, als müsse sie sich aufs Fahren konzentrieren. Ich musste die Frage wiederholen.

»Dreimal pro Woche. Vielleicht eine Runde Fuchs und Gänse …«

»Ich nehme an, es gibt auch noch andere?«

»Ein paar. Hin und wieder Besorgungen, eine kleine Plauderei. Ein bisschen Arbeit in Haus und Garten. Aufräumen. Alt und einsam. Das Plaudern ist ihnen das Wichtigste.«

Danach schwiegen wir, bis wir ihr Cottage erreicht hatten. Ich spürte deutlich, dass sie über diesen Aspekt ihres Lebens nicht mehr sagen wollte. Mir genügte, was ich gesehen hatte. Ich wollte ihr sagen, wie sehr ich sie dafür bewunderte und dass ich einfach keine Ahnung gehabt hatte, dass sie sich auf diese Art engagierte. Als ich sie vor dem Gemeindezentrum verlassen hatte, hatte ich Steaks und Gemüse fürs Abendessen eingekauft, und jetzt brachte sie die Einkaufstüte in die Küche und kam bald darauf mit einer Tasse Tee zurück.

»Ich hoffe, du hast nichts dagegen, dass es nur ein Teebeutel ist. Ich lasse dich jetzt eine Weile in Ruhe. Schau dir ein paar Bücher an. Es funktioniert in beide Richtungen, Johnny.«

Ihre Einsamkeit und die der alten Leute? Hatte sie das gemeint? Ich konnte sie nicht fragen und werde es deshalb nie wissen. Zumindest was sie selbst anging, verboten sich Motive und Erklärungen. Es war bereits angelegt in dem Kind, an das ich mich jetzt deutlicher erinnerte, das Zurückhalten und Zumachen, wenn ein Ausflug ans Meer wieder einmal nicht so lief, wie er sollte.

An diesem Abend brach ich bald nach dem Essen auf. Wir sprachen nicht mehr über ihre Arbeit im Gemeindezentrum und ihre Besuche bei den alten Leuten. Sie hatte flüchtig zwei Pflegeheime in der Gegend erwähnt, in die Henry vielleicht kommen könnte, und wahrscheinlich hatte sie diese auch besucht. Mit Sicherheit gab es noch sehr viel mehr, was sie mir erzählen könnte, aber sie würde es nie tun. Und sie musste es auch nicht. Inzwischen gingen wir entspannt miteinander um, und wenn ich von meinem Leben und meiner Arbeit erzählte, hatte ich keine Angst mehr davor, wie ein Aufschneider zu wirken. Es war, wie bereits gesagt, einfach mein Job. Auch musste ich nicht groß mein Bedauern darüber ausdrücken, auf wessen Kosten mein Arbeitseifer und mein Erfolg gegangen waren: auf Kosten meiner zwei Schwestern, die mir schon seit sehr langer Zeit so gut wie nichts mehr bedeuteten.

Der nächste Nachmittag war wieder schön und warm, und wir spazierten auf einem öffentlichen Fußweg auf den nächsten Hügel. Es waren mehr Wolken am Himmel, aber sie hingen noch sehr hoch, und der Wind blies sie schnell über die Sonne, so dass wir in einem andauernden Wechselspiel aus Licht und Schatten gingen.

»Dunkelheit und Licht«, sagte ich auf eine ziemlich alberne Art, als wir wieder einmal in einen Streifen Sonnenlicht traten.

Wir hatten wenig gesprochen. Es war ein so wunderbarer Tag, die Blätter verfärbten sich bereits, und aus der Gruppe Häuser unter uns stiegen schon die ersten Rauchfahnen, eine Friedlichkeit, in der das reine Zusammensein völlig genügte.

Meine Bemerkung musste Hester so vorgekommen sein, als hätte ich etwas, worüber ich reden wollte. Und so kam es, dass sie, als wir das Ende des Wegs erreicht hatten, meinte, sie sei ein wenig außer Atem, und wir setzten uns auf einen umgestürzten Baumstamm und schauten eine Weile hinunter auf die nackten, dunkelbraunen Äcker und die sanft abfallenden Weiden, auf denen ein paar Kühe grasten und zwei Pferde Kopf an Schwanz dicht beieinanderstanden und sich gegenseitig die Fliegen aus den Augen wedelten. Das hier war Hesters Umgebung, eine immer weiter sich dehnende Ruhe des Landes und des Himmels, Horizont hinter Horizont, und nicht weit weg das Meer, wo sie sich der Ewigkeit der Dinge hingeben konnte. Aber so sah das natürlich nur ich, das bukolische Schwelgen des Städters. Mit einer ausholenden Geste sagte ich etwas in dieser Richtung.

Ich hatte gar nicht bemerkt, wie sehr sie außer Atem war, und es dauerte eine Weile, bis sie antworten konnte.

»Ja, und ich schaue es mir oft an, vor allem das Kommen und Gehen des Lichts, so wie jetzt.« Und auch sie machte eine weit ausholende Geste, als wollte sie einen Schatten wegwischen. »Aber natürlich gibt es da auch eine Leere. Das Langweilige der Ewigkeit, vor allem, wenn sie Vergessen bedeutet. Eine Ewigkeit der Erinnerung, und sonst überhaupt nichts. Der gute alte Henry hätte darüber vielleicht auch etwas zu sagen.«

Die Frage kam ganz natürlich, als hätte Hester nur darauf gewartet, dass ich sie stellte: »Ich frage mich immer wieder, wie es für Mutter war. Sie muss sich erinnert haben, woran, ans Werben, ans Verlieben, an die riesige Erwartung, an diesen feschen jungen Mann, der aus dem erstickenden, provinziellen Dunst trat, oder? Sich erinnern, wie es hätte gewesen sein können …«

»Gewesen sein sollen«, erwiderte sie. »Aber was kann sie erwartet haben? Die Welt natürlich. Menschen sind eben so. Die Tochter eines kleinen Ladenbesitzers, alles andere als ein Roberts of Grantham, bestimmt wofür: Kirche am Sonntag, solider Ehemann mit seinem eigenen

Laden, gute Taten, gemütliches Zuhause, wohlerzogene Kinder, in einem Wort, Mittelengland. Und Altwerden in einer nachbarschaftlichen Welt der Freundlichkeit und Würde …«

Ich unterbrach sie. »Anstand. Ich komme immer wieder darauf zurück. Er scheint für mich der Kern zu sein. Eigentlich überall. Er kann religiös sein, ist es aber oft nicht. Was er eigentlich bedeutet. Ist er ein Wert an sich, oder wie weit leitet er sich aus anderen Dingen her?«

Darauf reagierte sie nur mit einem kurzen Nicken. »Und er kam aus einer völlig anderen Welt. Großraum London. Eine kleinere Privatschule. Hast du je ein Foto von ihr als frisch Verheiratete gesehen? Die strahlende Erwartung. ›Im Glücksrausch‹ heißt das wohl. Sie war ziemlich hübsch, weißt du. Und das alles verblasste dann. Man hätte meinen können, sie hätte einfach aufgegeben.«

»Allerdings nicht uns«, sagte ich. »Ich meine, sie war eine sehr fürsorgliche Mutter. Und verletzt, als wir ihr zu verstehen gaben, dass sie zu fürsorglich sein könnte. Na ja, es war einfach Mutterliebe, schätze ich, es gibt nichts Mächtigeres.«

Ich spürte ihre Ungeduld neben mir. Wurde ich mal wieder sentimental? Oder ging es darum, dass sie Mutterliebe nie in sich selbst gespürt hatte? Wieder deutete ich über die Landschaft, die jetzt völlig im Schatten lag.

»O ja, sie war eine wunderbare Mutter«, sagte sie. »Das versteht sich eigentlich von selbst, nicht? Aber die andere Hälfte ihres Lebens, die Liebe darin, verschwand ziemlich bald, ihr Mann. Sie hätte nie sagen können:

Kannst du dir nicht eine Stelle in der Zentrale suchen, damit du jeden Abend zu Hause sein kannst? Ich weiß noch gut, wie er mal sagte: ›Pech, altes Mädchen. Du hast einen Handelsreisenden geheiratet. Man verkauft nichts, wenn man nur auf seinem Hintern sitzt. Muss eben dauernd unterwegs sein. Jemand muss ja die Brötchen verdienen, um euch durchzufüttern.‹«

»Ja, ich kann mich auch erinnern, dass er so was gesagt hat. Und sie saß einfach nur da, nicht?«

»Hat ihm wahrscheinlich sogar gedankt und den Arm um ihn gelegt, um ihm zu zeigen, was für ein Glück wir mit ihm hatten. Normalerweise war er gut zu uns, wenn er da war, die Geschenke und die Ausflüge. Seine gute Laune im Allgemeinen. Und Julie, wie aufgeregt sie war, wenn er zurückkam, wie sie auf ihn gewartet hatte. Auf und ab ist sie gesprungen.«

Wir standen auf und gingen den Weg wieder hinunter. Der Boden war uneben, und Hester hakte sich bei mir ein. Das war so weit entfernt von dem, was ich je von ihr erwartet hätte, dass ich offensichtlich leicht zurückwich und sie mich noch fester drückte.

»Wozu sind große Brüder denn da?«

Jetzt war es an mir, etwas zu sagen. »Ich schätze, seine ganze Aufmerksamkeit schenkte er uns, nicht Mutter. Aber hätten wir das bemerkt?«

»Nein, aber ihre Freude an unserem Glück hat sicher viel überdeckt. In deinem Bericht hast du etwas geschrieben, Johnny, das eigentlich alles sagt. Wie sie sich mit nacktem Busen im Spiegel anschaute und sich verzweifelt wünschte, er würde sie attraktiv finden, wie er es früher getan hatte. Das war furchtbar.«

»Ich schätze, zu der Zeit hatte es bereits andere Frauen gegeben. Hat er es ihr gesagt? Wahrscheinlich nicht. Sie hat es sicher vermutet. Da er sie nicht mehr attraktiv fand.«

Der Weg wurde ebener, und sie zog ihren Arm wieder zurück. Der Himmel war jetzt voll sich verdunkelnder Wolken, und wir beeilten uns, um vor dem Regen zu Hause zu sein. Über unsere Eltern sprachen wir nicht mehr. Das Bild blieb, eingefangen in dem, was ich über sie geschrieben hatte. Wir mussten nicht zu dem Schluss kommen, dass unser Vater absolut kein netter Mann gewesen war. Wir mussten keine Mutmaßungen darüber anstellen, inwieweit er die Verantwortung trug für das, was aus unserer Mutter geworden war. Als er verschwand, zerriss es ihr das Herz. Großen Kummer hatte er ihr die ganze Zeit bereitet, aber sie hatte wohl immer auf Besseres gehofft – ein Alter, in dem die großen Feuer gelöscht und die Kinder aus dem Haus sind, eine anständige Rente, ein paar Hobbys, Erinnerungen an den Tag, als er auf dem Weg von irgendwo zu irgendwo in den Laden ihres Vaters kam, um ein Päckchen Zigaretten zu kaufen, und sie sich auf den ersten Blick ineinander verliebten und sich ewige Liebe schworen und ihre Gefühle füreinander überschäumten. Und dann ihre Worte am Ende, als sie von dem Unfall erfuhr: »Na, dann hat er sicher nichts gespürt.«

Ich weiß, dass wir in etwa dasselbe Bild im Kopf hatten, denn als Hester den Tee brachte, stellte sie sich hinter mich ans Fenster und sagte: »Das alles könnten wir mit Julie gar nicht teilen, oder? Diesen Bericht von dir. Nichts.«

Beim Abendessen machte das, was wir so kurz miteinander geteilt hatten, die Unterhaltung sehr viel einfacher. Unsere Erinnerungen an die Kindheit hatten sich vereinigt, waren einander so ähnlich geworden, wie Erinnerungen nur sein können. Es war fast so, als hätten wir uns beide gedacht: Na ja, so viel dazu, und jetzt können wir uns anderen Dingen zuwenden.

Sie erzählte von ihrem Leben. Sie hatte in fünf Bibliotheken gearbeitet und war die letzten drei Jahre Chefbibliothekarin einer der größten Stadtbibliotheken in den Midlands gewesen. Ohne jegliche Prahlerei erzählte sie mir, wie sie die breitere Palette an Diensten, die inzwischen von Bibliotheken erwartet wurde, aufgebaut und der Bevölkerung zur Verfügung gestellt hatte. Inzwischen kamen Studenten in diese Bibliothek, um zu sehen, wie man es machte.

Offensichtlich hatte ihr das alles sehr gefallen, und sie war absolut überzeugt von der Bedeutung der Bibliotheken »als Grundpfeiler unserer Zivilisation – man geht einfach hinein und bedient sich selber am Wissen und der kreativen Phantasie der Welt«.

»Der Hauptvorteil war natürlich, dass ich deine Artikel in den Magazinen und Zeitungen lesen konnte, ohne dafür bezahlen zu müssen. Und auch deine Bücher, auch wenn sie ein wenig außerhalb unseres Durchschnittsangebots lagen, wie eine meiner Assistentinnen mir einmal sagte und dabei leise andeutete, dass es nicht gerade angemessen sei, wenn ich ein Buch von meinem eigenen Bruder bestelle. Doch in der folgenden Woche dann, haha, nachdem ein paar gute Kritiken erschienen waren, wollten drei Leser es ausleihen.«

Es war ein glücklicher Abend, und gegen Ende schaute sie mich an, als wolle sie etwas aus meinem Leben hören. Ich sagte, sie müsste sich doch ziemlich gut vorstellen können, wie es aussah: die Abgabetermine, das Geschwätz und die gesellschaftlichen Verpflichtungen und der ganze Klatsch. Sie erwartete noch mehr, aber ich hatte nicht vor, ihr freiwillig mehr zu geben.

Sie schaute mich scharf an, und die Stimmung zwischen uns war so gut, dass es ihr leichtfiel zu sagen: »Liebschaften, Johnny. Da muss es doch ein paar gegeben haben. Ein so durch und durch vorzeigbarer Kerl wie du. Tut mir leid, das ist ein bisschen persönlich.«

Es machte mir nichts aus, es machte mir nur etwas aus, dass es so wenig zu erzählen gab. Ich hatte mich in eine verheiratete Frau verliebt, die junge Gattin eines langweiligen, konservativen Abgeordneten, die in meinen Augen viel zu gut für ihn war. Sie war ein wunderbares, wenn auch ein wenig schlichtes Mädchen aus der Provinz, die vom Dorf Westminster absolut überwältigt war, und ich gab mir große Mühe, sie mit meinem Wissen über so ziemlich alles, was unter der Sonne mit Politik zu tun hatte, zu beeindrucken. Ihr Ehemann hingegen wollte mich beeindrucken, damit ich Wohlwollendes über ihn sagte. Er war ehrgeizig und wollte sie für seine Zwecke einspannen – als Teil davon sollte sie nett zu mir sein. Hin und wieder berührte sie mich am Ärmel, und ich kam zu der irrigen Annahme, dass sie dasselbe für mich empfand wie ich für sie, so wie sie zu mir hochschaute, zu diesem großen Intellektuellen, der ich war.

Sie las sogar mein erstes Buch, das kurz zuvor veröffentlicht worden war. Ich hatte über das schwindende Interesse der politischen Klasse an der Ideengeschichte geschrieben, und vielleicht stellte sie sich vor, ich würde etwas über sie als eine der Ehefrauen schreiben, die das intellektuelle Niveau in Westminster hoben. Das ist unfair. Sie verdrehte mir den Kopf, aber dann verlor ihr Mann seinen Sitz. Wir trafen uns zwar nicht so oft, aber er musste gewusst haben, was ich für sie empfand, auch wenn ich mir große Mühe gab, es für mich zu behalten. Ich ließ zwar durchblicken, dass, falls es je etc., lud sie sogar zu einem Drink ein. Aber sie liebte ihren Ehemann zu sehr. Später las ich von einer unschönen Scheidung nach seinem Wiedereinzug ins Parlament und seiner Affäre mit einem Covergirl, über die sich der Boulevard sehr lustig machte. Zu der Zeit sah ich sie wieder, aber sie grüßte mich kaum. Ich war einfach auch nur irgendein verdammter Journalist.

Es gab eine Frau, die scharf auf mich war und die ich ziemlich regelmäßig traf. Eine Weile sogar sehr scharf. Doch die schlichte Wahrheit war, dass ich sie einfach nicht oft genug sah. Meine Arbeit, zu der inzwischen auch Fernsehauftritte gehörten, nahm mich fast vollständig in Beschlag, und für sie blieb kaum noch Zeit übrig. Genau das warf sie mir vor, und ich konnte nur zustimmen. Tatsächlich liebte ich sie einfach nicht genug. Ich konnte sie nur »irgendwie dazwischenschieben«. Bis zum Ende verlief alles ziemlich freundschaftlich, doch dann gab es einen Streit, weil ich sie mal wieder enttäuscht hatte (wofür ich allerdings nichts konnte), und sie sagte: »Dein Problem ist, dass du so verdammt humorlos bist.« Ich hörte meinen Vater sagen: »Und nicht einen Funken Humor im Leib.« Sie hatte recht: Erbarmungslose Ernsthaftigkeit ist eine weitere Folge der Entschlossenheit.

Kurz darauf verliebte sie sich in einen anderen, und jetzt lebt sie mit ihrem Farmerehemann und sechs Kindern auf dem Land. Ich habe sie getroffen, und sie ist glücklich oder scheint es zumindest zu sein. Wie hätte ich mit so etwas mithalten können? Es gab auch noch andere Schäkereien, in die eine oder die andere Richtung unerwidert.

Das alles konnte ich Hester kaum erzählen, und so zuckte ich nur die Achseln und sagte: »Ja, das Liebespalaver. Einige attraktive Frauen, die in dein Leben treten und es wieder verlassen. Wer hat gleich wieder geschrieben: ›Frauen sind viel netter als Männer. Kein Wunder, dass wir sie mögen‹? Wahrscheinlich war ich einfach nicht dafür geschaffen, hatte es nicht in mir.«

»Also auch für dich keine kuschelige-wuschelige Familiwilie?« Und so hallte das Echo dieses letzten Ausflugs am Meer zu uns herüber, die Wut und der Kummer hinter der Fröhlichkeit. Wir dachten beide an Julie, und Hester sagte: »Wir werden nie erfahren, ob dasselbe auch auf Julie zutrifft. Drei unverheiratete Kinder.«

Der Abend neigte sich dem Ende zu. Es hatte geregnet, doch jetzt schien der Mond durch die offenen Vorhänge. Das Gasfeuer flackerte über Hesters Gesicht und ließ es aussehen wie eine groteske Farce des Leids. Wir hatten kurz über unser jeweiliges Leben gesprochen, verlorene Zeit nachgeholt, hatten uns einander geöffnet, zwar nicht erschöpfend, aber ausreichend, mehr als ausreichend. Und Julie saß quasi zwischen uns, schaute von einem zum anderen, als würde sie plötzlich sagen: Und, wollt ihr jetzt auch etwas von mir erfahren?

Ich stand auf, um mich für die Nacht zu verabschieden. Der nächste Tag würde mein letzter sein, und ich sagte ihr, dass ich, wie heute, am frühen Nachmittag zu ihr kommen würde. Ich fragte mich, worüber wir noch reden könnten. Wir könnten unsere Meinungen austauschen über die Regierung, die Probleme der Welt, die Sozialpolitik. Ich hatte bereits allgemeinere Themen angesprochen, und es war mir schwergefallen, ihr nicht im Einzelnen zu sagen, was ich über diese Dinge dachte. Wie konnte es auch anders sein, da ich doch mein Leben damit verbrachte? Was konnte sie anderes erwarten, als meinen Ergüssen lauschen zu dürfen? Dabei hatte ich das alles doch schon in dieser oder jener Kolumne, diesem oder jenem Artikel gesagt. Nein, wir waren uns so nahegekommen, wie wir es noch nie gewesen waren. Wenigstens eine meiner Schwestern hatte ich gefunden. Und ich möchte mir gerne vorstellen, dass sie auch einen Bruder gefunden hatte.

Und als sie mir an diesem Abend gute Nacht sagte, umarmte sie mich, schob mich weg und sagte, mich noch immer haltend: »Gute Nacht, mein lange verlorener Bruder.«

Ich legte ihr kurz die Hand an die Wange und sagte: »Es hat mich sehr gefreut, deine Bekanntschaft zu machen.«

IV

Am folgenden Nachmittag verspätete ich mich. Den ganzen Vormittag war das Wetter wechselhaft gewesen, ich kam mit meinem Buch gut voran, und unseren gewohnten Spaziergang konnten wir erst machen, als der Himmel sich aufklarte und es einer dieser warmen, sommerähnlichen Tage wurde, die Ende September, Anfang Oktober den Winter zu verhöhnen scheinen und ihn so lange wie möglich hinauszögern. Das Funkeln der Regentropfen auf den sich färbenden Blättern, die glänzenden Äcker und die »hochgetürmten Wolken«, die späte Wärme in der Luft, das alles brachte mich auf die Frage, ob ich eines Tages mein himmelloses, betonstumpfes Stadtleben aufgeben würde, um an einem so friedlichen Ort zu wohnen, die Wolken zu betrachten und den Vögeln zu lauschen.

In dieser Gemütsverfassung war ich, als Hester und ich den öffentlichen Fußweg zu dem Wäldchen auf der Hügelkuppe hochgingen. Wir sprachen wenig, aber an ihrem Schweigen merkte ich, dass sie mir etwas zu sagen hatte. Am folgenden Montag würde sie für eine Operation ins Krankenhaus gehen.

»Wollte es dir schon die ganze Zeit sagen. Dieser Klumpen in meinem Bauch muss raus. Chemotherapie wirkt nur bis zu einem gewissen Punkt.«

Im ersten Augenblick war ich verärgert. »Mein Gott, Hester, du hättest was sagen …«

»Wo wir so eine schöne Zeit miteinander hatten? Also komm, Johnny, ein bisschen was von einem Schatten hätte es schon geworfen.«

»Ich komme her. Natürlich komme ich her und besuche dich, bin für dich da …«

Sie war auf dem schmalen Weg vor mir hergegangen, und jetzt blieb sie stehen, drehte sich um und hob den Zeigefinger. »Du tust absolut nichts dergleichen. Auch wenn du gleich nebenan wohnen würdest, ich will keinen Besuch. Völlig fertig im Bett liegen und sich in Selbstmitleid suhlen. Es gibt jede Menge Leute, die sich um dies und das kümmern werden. Nein danke, Johnny.«

Als wir den Weg wieder hinuntergingen, war sie hinter mir. »Aber …«, setzte ich erneut an.

»Die Prognose ist gut. Ziemlich wahrscheinlich, dass es zu einer vollständigen Genesung kommt.« Schweigend gingen wir weiter bis zur Straße. »Jetzt brauchen wir unbedingt eine Tasse Tee, und ich habe Hefebrötchen gekauft. Ich habe vergessen, ob du Hefebrötchen magst.«

»Als hättest du es je gewusst, Hester!«

Und so saßen wir an ihrem Tisch und aßen Hefebrötchen. Ich fragte nach ihrer Operation, wie lange sie im Krankenhaus bleiben müsse, und meinte, dass ihre alten Leute sie vermissen würden, vor allem Henry.

Es war, als hätte sie mich nicht gehört. Sie hatte eine Stille in sich, eine Resignation ohne jede Spur von Angst oder Besorgnis. Es war einfach das Leben, das seinen gewohnten Gang ging. Sprechen wollte sie lieber über Julie.

»Ich weiß nicht recht, wie ich das sagen soll, Johnny. Aber diese Sache hat mich daran erinnert, dass unsere Tage gezählt sind. Wir können nicht ewig so weitermachen und uns nur fragen, was wohl aus ihr geworden ist.«

Sie hielt inne. Ich nickte. Ich wünschte mir, sie würde ihre Brille abnehmen, damit ich ihre Augen unvergrößert sehen könnte. Sie starrte mich an, wie sie es bei meiner Ankunft getan hatte, mit einem Ausdruck, der wie Feindseligkeit wirkte. Aber es war einfach nur Überzeugtheit. Man konnte sich leicht vorstellen, wie sie im Lauf der Jahre mit einem Leser oder einer Angestellten mal ein Wörtchen zu reden hatte, wenn etwas nicht so lief, wie es sollte.

»Du bist ein beschäftigter Mann, das weiß ich, ein vielbeschäftigter. Aber ich glaube, wir sollten, du solltest herausfinden, was aus ihr geworden ist.«

»Leichter gesagt als getan.«

»Ich weiß. Das weiß ich wirklich. Aber es könnte alles Mögliche sein. Vielleicht einfach, dass sie tot ist. Manchmal bin ich sehr wütend auf sie. Wie konnte sie es nur zulassen, dass sie nur noch in unserer Vorstellung lebt? Mein Gott, was man sich alles *vorstellen* kann.«

Ich nickte wieder. Ich hatte mir Julie auf viele Arten vorgestellt, aber vielleicht auf nicht so viele wie Hester. Denn hatte ich nicht versucht, sie vollständig aus meinen

Gedanken zu verdrängen? Und es auch geschafft: diese flüchtige Präsenz, dieser belanglose Geist.

Hesters Hand zitterte ein wenig, und sie stellte die Tasse ab. »Das war so verdammt rücksichtslos von ihr. Nicht ein Wort …«

»Aber gewundert haben wir uns schon. Über die Scham. Sie schämte sich zu sehr. Sie war so eine Nervensäge. Sie wollte Auslöschung. Also, ich weiß nicht, Hester.«

»Das ist es ja gerade. Wir wissen es nicht. Bitte versuche, was herauszufinden, Johnny. Ich habe dich nie um etwas gebeten …«

Ich wollte das Thema wechseln, die Verpflichtung abschütteln. »Hast du je gedacht, du hättest sie flüchtig irgendwo gesehen? Als wollte sie herausfinden, was aus uns geworden ist, ob es uns gutgeht.«

Sie hob die Augenbrauen, und ich erzählte ihr von den Gelegenheiten, da ich sie, wenn auch nur für einen Augenblick, gesehen zu haben meinte, sie einmal sogar gerufen und ihr gewinkt hatte.

»Du also auch. Ja, ich saß genau dort, wo du jetzt sitzt, als ich dachte, sie würde am Haus vorbeigehen. Es wurde bereits dunkel, und die Gestalt hatte dunkle Haare unter einem leuchtend gelben Tuch, und sie trug einen langen Mantel, einen grünen, glaube ich. Ich ging zum Fenster, aber die Gestalt war verschwunden. Es gab auch andere Gelegenheiten. Am hinteren Ende eines Supermarkts. Auf der anderen Seite einer belebten Straße. Einmal sogar in der Bibliothek. Eine Frau mit dem Rücken zu mir vor den Regalen neben dem Eingang, die sich zur Seite drehte.

Ich dachte, sie würde sich umdrehen, und ich hatte schon die Arme ausgebreitet, um sie zu umarmen. Doch dann war sie genauso plötzlich wieder verschwunden. Und natürlich gab es auch die Stimmfetzen, die man zufällig erhascht, die scheinbar bekannte Gestalt auf der Straße, die sich dann als jemand ganz anderer erweist.«

Sie hatte das Gasfeuer nicht angezündet, und es war kühl im Zimmer. Sie ging in die Küche, um noch eine Kanne Tee zu kochen. Als sie zurückkam, schwelgten wir in Erinnerungen an Julie, vor allem an die letzten Jahre vor ihrem Verschwinden. Es war so lange her, dass es sinnlos erschien, ihr Leben damals zu rekapitulieren. Warum sollten wir uns an eine Katastrophe nach der anderen erinnern, die wir bereits zu der Zeit am Telefon besprochen hatten? Es war, als würden wir versuchen, sie wieder zum Leben zu erwecken, oder als könnte irgendwo in alldem ein Hinweis liegen, was aus ihr geworden war. Wir redeten so, als sollte unsere Liebe für sie den Groll darüber, dass sie uns so grausam im Stich gelassen hatte, jetzt bei weitem überwiegen. Was ich vor fünf Jahren geschrieben hatte, zeugte eindeutig davon. Ich hatte es Hester gezeigt, nachdem ich ihr meinen Bericht über den letzten Ausflug ans Meer gegeben hatte.

»Diese letzte Begegnung«, sagte sie jetzt, »über die du geschrieben hast. Sie war so verletzlich, nicht? Was sagte diese schreckliche Frau: eine leichte Beute. Sie war so liebenswürdig. Und diese ganze Scham und die Traurigkeit …«

»Sie kam dich ein- oder zweimal besuchen, nicht?«

»O ja, das zweite Mal hier im Haus. Anfangs drehte sich alles nur darum, das Stadtleben aufzugeben und auf dem Land zu leben, was für ein wunderbares, ruhiges Leben ich doch führe ohne Stress und Belastungen und so weiter und so fort… Du kannst sie dir vorstellen, oder? Überschäumend eben. Es muss doch hier Sekretariatsjobs für mich geben und auch ein paar nette *Männer*…«

Hester sprach atemlos und klang einen Augenblick lang wie Julie. »Natürlich«, fuhr sie fort, »hielt das nicht lange an. Sie langweilte sich zu Tode und fuhr wieder ab mit der Bemerkung, sie würde sich demnächst entscheiden und sie hätte schon vor Jahren aufs Land ziehen sollen, um in meiner Nähe zu sein. Natürlich war kein Wort davon ernst gemeint.«

So hatte Julie uns in diesen Jahren immer wieder zueinandergebracht, wenn auch bei weitem nicht genug. Wie hätte es auch anders sein können? Für mich waren es hektische Jahre, und wenn ich Hester anrief, um ihr von Julie zu erzählen, sagte sie, sie fühle sich genauso hilflos wie ich. Da sonst nicht viel hinzuzufügen war, kamen die Gespräche meist zu einem schnellen Ende.

Jetzt erinnerte sie mich daran. Sie hatte inzwischen das Gasfeuer angezündet, beugte sich vor und starrte hinein. Wieder ließen die Flammen, die über ihr Gesicht tanzten, sie aussehen, als hätte sie großen Kummer.

»Worüber hätte sie mit mir reden können? Natürlich bat sie mich um Geld, und ich schickte ihr immer welches. Einmal sagte sie, ich müsse wohl denken, dass Geld das Einzige sei, was sie von mir wolle. Sie beharrte darauf, dass dies nicht der Grund für ihre beiden Besuche war, sondern ›nur, damit wir wieder beisammen sein können‹. Eine Weile machte es Spaß, die Vergangenheit, unsere Kindheit, das alles, wobei wir es irgendwie schafften, jede Erwähnung von Vater und Mutter zu vermeiden. Sie kicherte unentwegt, nicht?«

Ich nickte und sagte ihr, dass sie auch mich besucht hätte, nicht, um mich um Geld oder Rat zu fragen, sondern als wollte sie einfach wieder einmal Teil einer Familie sein.

Und so erinnerten wir uns an diese Zeit, ließen Julie wiederauferstehen in diesem bequemen, aber unpersönlichen Zimmer, in dem der Feuerschein über Hesters Gesicht tanzte, wenn sie sich vorbeugte, um die Hände auf den Bauch zu pressen – sie tat es, um den Schmerz zu lindern, wie ich inzwischen wusste. Je länger wir über Julie sprachen, umso mehr schien sich die Kälte zu verflüchtigen, und diese alten, großartigen Bilder wurden lebendig – eine aufgewühlte See und ein Kirchturm, der über eine fruchtbare, menschenleere Landschaft herrschte. Hester gab mir eine Flasche Rotwein, die ich öffnen sollte, und nur ein Weinglas.

»Nicht für mich. Gegen die verdammten Vorschriften.«

Wir unterbrachen das Gespräch, als sie in die Küche ging, um das Abendessen zu machen. Als sie mit unseren Tellern zurückkehrte, sagte sie: »Als Julie hier war, bestand sie darauf, das gesamte Kochen zu übernehmen und auch den Abwasch. Sie redete, als würden wir bald zusammenwohnen. Sie schaute sich sogar die Stellenangebote im Lokalblatt an.«

»War sie eine gute Köchin?«

»Julie? Ach du meine Güte, nein. Sie hatte es immer so eilig, ließ Teller fallen. Kochte die Sachen entweder zu viel oder zu wenig. Nein, das ist nicht *ganz* gerecht. Und sie präsentierte alles immer so stolz und mit großer Geste, wie eine junge Kellnerin, die eben erst angefangen hat. Meine Güte, und ihr Lächeln! Sie war sehr schön, nicht?«

»Sie hatte so eine Art, dass sie immer glücklich wirkte«, sagte ich. »Wenn sie es gar nicht war. Als wollte sie sagen, so sollte die Welt sein. Und es würde mich nicht wundern, wenn sie dadurch auch andere glücklich machte.«

Hester legte Messer und Gabel zusammen und schob ihren Teller weg. »Man verliert den Appetit, das ist eine der Nebenwirkungen ... Dass sie immer glücklich wirken *wollte.*«

»Das stimmt. Es war einfach, sich an sie als Kind zu erinnern, wie sie auf Weihnachten, auf ihren Geburtstag wartete und sich Geschenke erhoffte.«

Hester ging wieder zu ihrem Lehnsessel und ließ mich alleine zu Ende essen. Sie drehte sich mir zu und lächelte. »Sie bat nicht gern um Hilfe, aber sie hatte auch keine Scheu davor.«

»Das trifft es ziemlich genau«, sagte ich. »›Ach, ich bin ja so eine Last, Johnny.‹ Ich höre ihre Stimme noch genau.«

Während wir den Tisch abräumten und das Geschirr wuschen, erinnerten wir uns an diese oder jene Episode und versuchten dabei, die Ungeduld in Schach zu halten, die wir zu jener Zeit empfunden hatten. Zumindest ich. Auch Unmut. »Sie konnte einen auf die Palme bringen«, sagten wir irgendwann zur selben Zeit. Mir kam in den Sinn, und vielleicht auch Hester, dass wir sie verscheucht hatten, weil unser Unwille immer offensichtlicher wurde. Zumindest meiner. Wie hätte es auch anders sein können? Etwas in dieser Richtung sagte ich zu Hester.

»Na ja, du warst der Leidtragende. Du warst greifbar. Mich rief sie allerdings oft an. War vermutlich ziemlich kurz angebunden mit ihr.«

Es war nicht nur das Geld. Die nicht bezahlten Mieten und Nebenkosten, das abgestellte Telefon. Die nicht zurückgezahlten Darlehen, die sie anderen gegeben hatte. Sie hatte immer wieder Sekretärinnenjobs, lebte aber weit über ihre Verhältnisse. Sie schien jeden Abend in Clubs gegangen zu sein, und wenn ich sie sah, war sie immer sehr modisch gekleidet, und die Farbe ihrer Haare wechselte so oft wie ihre Garderobe.

Es gab eine »Szene«, in der sie sich bewegte. Ein Kollege, oder sollte ich sagen »Rivale«, zeigte mir einmal ein Foto von ihr in einem dieser Promi-und-Klatsch-Magazine. Sie hing am Arm eines schnittlauchhaarigen, anzüglich grinsenden Kleinaristokraten, der zu der Zeit in einen Skandal um Oldtimer verwickelt war. »Bewegt sich in besseren Kreisen, deine Schwester«, sagte mein Kollege mit seinem eigenen anzüglichen Grinsen.

Zu der Zeit versuchte ich, mir einen Ruf aufzubauen, und Julie war dabei nicht gut für mich. Das redete ich mir zumindest ein. Tatsächlich waren die Leute meistens toleranter, als man manchmal zu glauben wagte. Nach Mutters Tod hatten wir etwas Geld geerbt, und ich fragte mich, was Julie mit ihrem Anteil gemacht hatte. Zumindest, bis sie mir erklärte, dass sie zusammen mit einer Freundin eine überteuerte Wohnung gekauft und diese Freundin es geschafft hätte, sich beim Wiederverkauf einen Großteil des Erlöses unter den Nagel zu reißen. Damals bezahlte ich einen Anwalt, der aber absolut nichts ausrichten konnte.

Es gab eine Unmenge diverser »Freunde«. Hin und wieder sah ich sie auf irgendeiner Party, einmal in Ascot, wohin ich gefahren war, um Hintergrundinformationen für einen Artikel über das alte Geld und die Neureichen zu bekommen. Julies Hut, eine Art Fruchtsalat in einem Weidenkorb, konnte mit den anderen durchaus mithalten. Die Gruppe, in der sie sich aufhielt, war bester Laune, und so oft ich zu ihr hinüberschaute, lachte sie laut und mit zurückgeworfenem Kopf. Mich sah sie nicht. Strahlende junge Dinger. Großstadtgesocks. Angesagte Promis. Wie ich sie verabscheute! Zu der Zeit arbeitete ich an meinem ersten Buch über Gründe und Ursprünge der politischen, sozialen und moralischen Degeneration und die Verbindungen zwischen ihnen. Es ging um die grässliche Gier und die Protzerei des Ganzen. Schon damals warnte ich vor der Boni-Kultur und der Korruption im Bankgewerbe, die uns den jetzigen Tiefpunkt beschert haben, zusammen mit Abgeordneten, die krumme Dinger drehten – ganz zu schweigen von den Zusatzvergütungen, die sich Beamte selbst gewähren, weil sie ihre Arbeit gut gemacht haben. Das lief alles damals schon.

Meine Artikel und politischen Kommentare beschäftigten sich damit auf eine Art, die mir den Ruf eines »jungen Jeremias« einbrachten, eines Schwarzsehers mit einem Talent für selbstgerechte Entrüstung, die mir nicht zustand. Wie Hester schon gesagt hatte, als sie meinen Bericht las, neigte ich tatsächlich ein wenig zum Schwadronieren – ich verlangte Gehör, obwohl es mir eigentlich, das sagte ich mir zumindest manchmal selber, nur um einen Ruf ging, der mir Kreditwürdigkeit einbrachte. Inzwischen würde man meine damaligen Auslassungen als viel zu tolerant betrachten. Gier ist Gier und braucht keine Begründung… Genug davon. Ich schreibe über Julie, und was daran schmerzt, ist die Tatsache, dass sie gut in diese Welt passte, sie war beliebt, sie war, wie diese böswillige Frau an diesem Abend zu mir sagte, »immer im Mittelpunkt«.

Und ja, wie Hester sagte, sie war wunderschön. Ich will es Ihnen beschreiben: Zuerst achtet man auf die Augen, und Julies Augen hielten einen fest, auch wenn sie vom Lachen zugekniffen und verdeckt waren. Sie waren von einem lebhaften Hellblau und strahlten, als hätte sie eben Augentropfen hineingeträufelt. Es waren Vaters Augen, und sie hatte sich sogar sein Zwinkern angewöhnt. Ihre Lippen hatten eine gewisse Sprödigkeit, aber ihr Mund war fast immer in Bewegung, er blieb offen, wenn sie zuhörte, bereit, sofort zu reagieren, zu lächeln oder zu lachen. Die Sprödigkeit wirkte, als würde sie im Rückblick sich selber missbilligen. Aber diese langen, welligen goldenen Haare, diese rastlosen, lebhaften blauen Augen! Wie sie umherhuschten, nach Vergnügen, Neuigkeiten, Weltflucht suchten. Oft sah ich das Kind in ihr, das Kind, das auf Vaters Rückkehr oder eine Gute-Nacht-Geschichte wartete, diese Erwartung, in der sie so leicht Trost fand, die aber so oft enttäuscht wurde. Und dann die Tränen.

So versuchte ich, sie zu der Zeit zu sehen, mit Liebe und Verständnis. Aber es gab zu vieles, was mir nicht gefiel. Diese Leute, mit denen sie sich abgab, ihre Gedankenlosigkeit, ihre absolute Selbstgefälligkeit. Und dass ich bei ihr einen hohen Grad an Promiskuität annehmen musste. Nein, ich wusste es. Die Art, wie sie Männer ansah. Ihre Unfähigkeit, nein zu sagen. Zweimal kam sie zu mir und bat mich um Geld für eine Abtreibung. Ich fragte sie jedes Mal, wer der Vater sei, und sie gestand mir unter Tränen, dass sie es nicht genau wisse. Sie weinte oft, wenn sie zu mir kommen musste, damit ich ihr aus der Patsche half. Auch dann sah ich das Kind in ihr, ihre weit aufgerissenen, in Tränen schwimmenden Augen. Für gewöhnlich war es ihr Vater, der sie zum Weinen brachte: wenn er zornig wurde, wenn er nicht am erwarteten Tag zurückkehrte, all die Abschiede. Doch jetzt war es Verzweiflung und Scham. Mehr als einmal sagte ich ihr: »So kannst du nicht weitermachen, Julie.« Und sie nickte, und ihre spröden, zusammengepressten Lippen zeigten Selbsttadel und Entschlossenheit. Aber Julie, das war eine Liebe zum Leben, eine Sehnsucht nach Flucht. Und da war auch ihre Güte. Wie lautete dieses Zitat über die Guten, die nichts wissen und sich nicht selbst verzeihen können?

Es ging immer so weiter. Sie wurde verhaftet nicht nur wegen Fahrens unter Alkohol, sondern auch, weil sie überhaupt keinen Führerschein hatte, denn bei der Prüfung war sie dreimal durchgefallen. Ich zahlte eine saftige Strafe und war nur froh, dass sie nicht ins Gefängnis musste. Dem Gefängnis entging sie auch nur knapp, als es bei einer Party eine Razzia gab und mehrere Personen, darunter auch Julie, wegen Drogenbesitzes verhaftet wurden. Sie wurde freigesprochen, aber zwei ihrer Freunde saßen drei Monate ein. Sie schwor mir, dass sie nie »harte Drogen« genommen hätte, und ich glaubte ihr. Und tatsächlich glaube ich nicht, dass sie mich je angelogen hat – wieder diese Augen, diese arglose Unschuld trotz all der Gier nach Ablenkung, darin lag ein Sehnen, eine andere Begierde, vielleicht nach Einfachheit oder einem friedfertigen Königreich, das von Freundlichkeit und Vergebung regiert wird. Was ich vor fünf Jahren, wenn auch in sentimentaler Stimmung, über sie geschrieben hatte, war eine unter allem liegende Konstante in ihrem Leben: die Großzügigkeit ihres Charakters, die Bereitschaft, bei allen Menschen nur das Beste anzunehmen, die Weigerung, schlecht über sie zu sprechen. Ich bin mir sicher, sie verlieh Geld, ohne sich je zu überlegen, ob es zurückgezahlt werden würde oder wie schnell diese Außenstände dem zugerechnet werden mussten, was sie von Hester und mir »borgte«.

Und während Hester und ich am letzten Abend meines Besuches zusammensaßen und gemeinsam ins Flammenspiel des Gasfeuers starrten, kam viel von all diesen Gefühlen an die Oberfläche, eine Mischung aus Liebe und Verwirrung und Verärgerung. Und auch das Bedauern, dass ein so schöner und freier Geist wie Julie in diese halbseidenen Tiefen hinabgesunken war. Ich wusste nicht, ob sie Hester von den Abtreibungen erzählt hatte, aber Hester seufzte schwer, als der Abend sich zum Ende neigte, und erzählte mir, das sei das einzige Mal gewesen, dass sie sich geweigert hatte, ihr Geld zu geben, und gleichzeitig gewusst hatte, dass sie sich an mich wenden würde. Vielleicht zum ersten Mal hatte Julie mich damals also angelogen, denn sie hatte gesagt, sie wolle Hester nicht fragen und hoffe, ich würde ihr nichts sagen.

Hester hatte nur eine schwache Tischlampe eingeschaltet, das Zimmer wurde deshalb vorwiegend vom Gasfeuer erhellt, dessen Schatten uns im Dämmerlicht schwach umtanzten. Hin und wieder schauten wir einander an, aber es war, als könnten unsere Blicke sich in dem flackernden Halbdunkel nicht begegnen. Und jetzt, doch das sprachen wir nie direkt aus, war unsere Schwester vom Angesicht der Erde verschwunden, könnte tot sein, sofern wir das je erfahren würden.

Gegen Ende sagte Hester: »Es geht darum, wie wir uns an sie erinnern, unwillkürlich, wenn wir die Augen schließen, um zu schlafen, oder eine Landschaft betrachten oder glauben, sie gesehen zu haben, oder an ein Ereignis aus unserer Kindheit denken müssen. Dein Bericht hat das bei mir ausgelöst. Es wäre mir fast lieber, er hätte es nicht getan.« Sie hielt inne, als wartete sie auf meine Antwort. »Was ist mit dir? Was ist deine stärkste Erinnerung?«

»Na ja, ich hab es dir doch gezeigt. Dieses letzte Mittagessen miteinander. Das Schlimmste daran, ich meine, was in der Erinnerung heraussticht, ist, dass ich auf meine Uhr geschaut habe und sie dachte, ich, der vielbeschäftigte, erfolgreiche Kerl, hätte bereits mehr als genug Zeit mit ihr verbracht. Ich hasse diese Erinnerung. Dieser entschuldigende Blick von ihr, obwohl sie bereits mit den Tränen kämpfte.«

Hester nickte. »Ich habe ihr auch die kalte Schulter gezeigt, weißt du.«

»Wenn sie jetzt in dieses Zimmer kommen würde, ich glaube, ich würde ihr als Allererstes sagen, dass ich an diesem Tag auf meine Uhr schaute, weil das zu der Zeit eine nervöse Angewohnheit von mir war. Ich wollte dieses Mittagessen nicht so beenden. Was würdest du sagen?«

»Ach, ganz einfach. Wenn sie je bei mir einziehen sollte und wir gemeinsam alt werden, würde ich gern das Kochen übernehmen, wenn sie nichts dagegen hätte.«

Ich stand auf und sagte, ich würde morgen Vormittag auf dem Weg zum Bahnhof noch kurz bei ihr vorbeischauen.

Sie bot mir an, mich hinzufahren, aber ich bestand darauf, ein Taxi zu nehmen. Am Tag darauf würde sie ins Krankenhaus gehen, und ich sagte, dass ich sie, wenn alles vorüber wäre, wenigstens einmal anrufen würde.

»Nach einer angemessenen Zeitspanne.« Sie stand auf, kam auf mich zu und umfasste meine Ellbogen. »Gib mir drei oder vier Tage. Es wird alles gut, ich weiß es einfach. Ich habe noch ein paar gute Jahre vor mir.«

»Natürlich, das weiß ich.«

Sie wies auf das Zimmer. »Noch mehr davon und von dieser wunderbaren, abwechslungsreichen Landschaft. Und natürlich die Bücher. Ein reiches Leben. Rede ich mir zumindest ein.«

Sie zuckte die Achseln, als könnte man das Thema Julie nun als abgeschlossen betrachten, als hätte es keinen Sinn, noch mehr über sie zu sagen. Wir mussten uns einfach damit abfinden, dass wir nichts wussten. Julie konnte jetzt in unser Unterbewusstsein zurückkehren, um von Zeit zu Zeit aufzutauchen und wieder zu verschwinden wie ein Geist. Genau so wollte sie es. Sie hatte ein Leben gewählt, das mit uns nichts zu tun hatte. Als ich die Tür öffnete, ertappte ich mich bei dem Gedanken, dass sie von uns auch nicht mehr verdiente, denn wir hatten getan, was wir konnten – sogar dass sie Zeit in Anspruch genommen hatte, die Hester und ich einander hätten widmen sollen, um mit dem Verstreichen der Jahre oder womit auch immer ins Reine zu kommen, um über unsere Mutter zu reden, die wir kaum eines Wortes gewürdigt hatten. Was uns betrübte, hatte viel, viel mehr mit der Erinnerung an sie zu tun. So zuckte auch ich die Achseln, und dann trat Hester einen Schritt zurück und schaute mir tief in die Augen. Da sie mit dem Rücken zum Feuer stand, war ihr Gesicht im Schatten, aber sehr klar. Wie auch ihre Stimme.

»Du musst sie finden, Johnny. Du musst Julie für uns finden.«

»Ich weiß nicht so recht …«, setzte ich an.

»Bitte. Ich werde die Kraft nicht mehr haben …«

Wir sagten nichts mehr, und wir umarmten uns auch nicht, wie wir es die letzten Tage getan hatten. Es war ein kalter, windiger Abend, der bereits den Winter andeutete. Seit ich zu Hesters Haus gegangen war, waren Blätter auf die Straße gefallen, und auch jetzt rieselten sie im Schein des Mondes.

»Versuche, glücklich zu sein, Julie«, murmelte ich, ein Nachhall meiner letzten Worte bei unserem letzten gemeinsamen Mittagessen.

Zwei Tage nach Hesters Operation sprach ich mit ihr. Es war alles gut verlaufen. Sie schien guter Dinge zu sein und meinte, sie habe die Tage mit mir sehr genossen. Henry sei jetzt im Heim, erzählte sie, und es graue ihr davor, ihn dort zu besuchen. Die Zimmer seien ziemlich winzig, sagte sie, und bestimmt gebe es nicht genügend Platz für all seine Erinnerungsstücke. Im kalten Licht des Tages wirkten unsere Erinnerungen an Julie, die wir in dem dämmerig flackernden Zimmer hatten aufleben lassen, weit weg, sogar überflüssig. Doch als ich ihr schließlich versprach, sie bald wieder zu besuchen, und schon den Hörer auflegen wollte, sagte sie: »Ich hoffe, du hast schon angefangen.«

Im ersten Augenblick wusste ich nicht, was sie meinte. Vielleicht das Buch, das ich als Nächstes schreiben wollte, wie ich ihr erzählt hatte. Sie wartete meine Antwort nicht ab.

»Gestern war ich mir ganz sicher, sie in einer Gruppe von Angehörigen, die den Gang entlangkamen, gesehen zu haben. Ich dachte, sie kommt mich besuchen. Das war vielleicht ein Augenblick. Ich suchte nach ihr, als die Leute sich um die Betten verteilten, aber sie war nicht mehr da.«

»Wunderbar, dass alles so gut gelaufen ist. Ich komme dich bald besuchen, und viele Grüße an Henry«, war meine einzige Erwiderung.

V

Nach meiner Rückkehr erfuhr ich, dass meine Kolumne in Zukunft nur noch einmal wöchentlich erscheinen würde – dafür ungefähr doppelt so lang und eher ein »Denkstück« als ein täglicher Kommentar. So hatte ich mehr Zeit, mir zu überlegen, was ich in Bezug auf Julie unternehmen sollte. Ich habe Hester jeden Tag angerufen, und ihre Operation scheint ein uneingeschränkter Erfolg gewesen zu sein. Hinter unseren Worten klingt unsere Freude darüber mit, dass wir nach Jahren routinemäßiger Telefonanrufe einander neu kennengelernt haben. Doch mehr denn je liegt Julies Schatten zwischen uns. Sie hat mich nicht gefragt, was ich unternehme, um sie aufzuspüren, denn wenn ich irgendetwas zu berichten hätte, hätte ich es ihr gesagt.

Doch gestern, nachdem ich mich verabschiedet hatte und schon auflegen wollte, sagte sie: »Ich habe nachgedacht. Ich kann nicht anders, aber manchmal glaube ich, sie muss uns gehasst haben, weil sie uns so im Ungewissen lässt.«

»Das können wir nicht wissen, oder? Man kann nicht anders, als das Schlimmste zu befürchten.«

»Aber du versuchst es herauszufinden, nicht?«

»Ich denke darüber nach, Hester.«

Und das mache ich auch, aber wo soll ich anfangen? Im Lauf der Jahre haben mich die Leute immer wieder gefragt, was eigentlich aus meiner Schwester geworden sei, mit unterschiedlichen prämodifizierenden Adjektiven wie »lebhaft, lustig, temperamentvoll«, und oft fügen sie hinzu, wie amüsant es mit ihr gewesen sei, manchmal mit einem Seitenblick kaum verhüllten Mitleids. Ich kann schlecht antworten, dass ich nicht den geringsten Schimmer habe, deshalb murmle ich etwas in der Richtung, dass sie nach Kanada ausgewandert sei. Bei all diesem unwiderstehlichen Tratsch und den so schnell wie möglich zu erwidernden Sottisen bin ich meistens mit einem beiläufigen Nicken durchgekommen. Bisher habe ich nur herausgefunden, dass sie auf der Passagierliste eines Schiffs stand, das Liverpool an dem Tag verließ, als sie die Postkarte schrieb. Und ich kann jemanden, der sie gekannt hat, kaum fragen, ob er oder sie Kontakt mit ihr hatte, ach, und übrigens, wo wohnt sie denn zurzeit? Man liefert dem Klatsch nicht gern Zündstoff (haha, wie Julie sagen würde), und es versteht sich wohl von selbst, dass ich mir im Lauf der Jahre Feinde gemacht habe: neidische Rivalen, Politiker, über die ich hart geurteilt habe. Eigentlich möchte ich Hester sehr gern etwas erzählen können, ihr mehr bieten können als nur die vage Versicherung, dass ich Nachforschungen anstelle.

Da war noch etwas. In den Leerstellen meiner Tage

habe ich öfter über Julie nachgedacht, sie den Tränen nahe in diesem Restaurant in Soho gesehen, den Klang ihres Lachens gehört, mich an das Kind erinnert, das am Arm unseres Vaters hing und am Wasserrand ungeschickt Steinchen warf. Als ich mir eines tristen Abends Notizen aus Northrop Fryes *Das moderne Jahrhundert* für mein neues Buch machte, überwältigte mich die Scham, dass ich erst Hesters Drängen brauchte, um herausfinden zu wollen, was mit ihr passiert war, dass ich zu sehr mit öffentlichen Angelegenheiten beschäftigt war, um mit mehr als nur einem gelegentlichen Achselzucken an sie zu denken. Sie war mir viel weniger wichtig gewesen als meine Suche nach der Wahrheit und der ganze Rest. Das hatte ich so zwar nicht gedacht, aber offensichtlich hatte ich es angenommen. Ja, ich habe mich wieder öfter an das Flehen in ihren Augen erinnert, an die Herzlichkeit ihrer Umarmung, an das Lachen, das eigentlich kein Lachen war, an die plappernde, entschuldigende Stimme und das Lächeln, das ohne jeden Grund kam und wieder verschwand. Und an diese überbordende Liebe, die sie als Kind hatte, die brodelnde Erwartung, die Verletzlichkeit, die verständnislosen Tränen. Ach du meine liebe, liebe Julie, du bist meine Schwester, und ich habe dich nicht genügend geliebt.

Dann war ich vor einigen Tagen auf einer Party, die mir keinen sonderlichen Spaß machte. Angesichts des Niedergangs der Labour-Regierung lag eine boshafte, fast sadistische Erregung in der Luft. Eine ungewöhnliche

Menge junger Tories stand herum, und alle gaben sich große Mühe, nicht zu prahlen oder zu blasiert zu klingen. Ich wollte schon wieder gehen, als mein Blick auf eine Frau fiel, die nicht zum Rest der Gesellschaft zu gehören schien – die üblichen politischen Trittbrettfahrer und medialen Dampfplauderer, mit denen ich den besten Teil meines Lebens verbracht hatte. Sie kam mir irgendwie bekannt vor, und sie stand allein da, schaute zum Fenster hinaus und war offensichtlich so gelangweilt wie ich inzwischen auch.

Ich trat neben sie, und nach einer Weile stellte ich mich vor. »Wird langsam etwas laut, nicht? All die saftigen Skandale. Hier der Ideenklau, da das Schulterklopfen. Kann ein bisschen viel werden. Was zu trinken?«

Sie drehte sich um und schaute mich einen Augenblick lang an, als würde sie sich fragen, warum um alles in der Welt ich sie nicht in Frieden lassen könne. Mittleres Alter, dachte ich, kaum Make-up, graue Strickjacke, schlichter grüner Rock, kein erkennbarer Versuch, irgendeinen Eindruck machen zu wollen. Ja, kritischer Blick und alles andere als in ihrem Element. Plötzlich verließ die Ungeduld ihren Blick, und sie lächelte mich entschuldigend an, als wollte sie sagen, sie sei aus Versehen hier oder weil sie es über sich ergehen lassen müsse.

»Ich weiß, wer Sie sind«, sagte sie. »Wer nicht? Und nicht noch einen Drink, vielen Dank.«

»Nicht gerade Ihre Szene?«

»War es früher mal. Bin erst vor kurzem wieder reingekommen. Abgeordnetensekretärin.« In ihrer Stimme klang ein leichter Überdruss mit. Und tatsächlich schaute sie auf ihre Uhr. »Sie kommen zu einem, wollen irgendeinen Klatsch, wer gerade in und wer out ist, was der und der über den und den denkt, und wenn man nichts sagt, verlieren sie ratzfatz das Interesse. Um ehrlich zu sein, ich dachte mir, Sie wollen dasselbe.«

»Na ja, bei dieser Party nicht. Nein, ich dachte, ich hätte Sie wiedererkannt. Denke es immer noch, kann Sie aber nicht ...«

»Ich habe mir früher mit Ihrer Schwester eine Wohnung geteilt.«

Sie schaute zum Fenster hinaus wie zu einem weit entfernten Horizont. Sie fragte nicht, wie es Julie ging, was aus ihr geworden war, und das bedeutete womöglich, dass sie es bereits wusste. Ich konnte nur darauf warten, dass sie weiterredete. Schließlich erzählte sie, sie habe das Parlament vor vielen Jahren verlassen, um zu heiraten, und sei erst kürzlich wieder zurückgekommen.

»Ich dachte damals, hier gibt's nichts Aufregendes mehr zu erleben«, sagte sie. »Bis der Spesenskandal wieder ein bisschen Feuer reingebracht hat. Der Meine ist mehr oder weniger sauber, bis auf eine Katzenklappe im Zweitwohnsitz.«

»Also keine kostenlosen Vergnügungsreisen auf exotische Inseln, die ihm irgendwann das Genick brechen werden?«

»Könnte sein. Ist alles so schäbig. Wie nennen Sie das? Degeneriert.«

Sie hob die Augenbrauen, und ich hielt mir die Nase

zu – ein Wettstreit des Abscheus. Aber eigentlich wollte ich nur, dass sie etwas über Julie sagte. Trotz ihres gelangweilten Sarkasmus hatte sie etwas Aufrichtiges. Vermutlich hatte sie mich nur deswegen nicht nach Julie gefragt, weil sie annahm, ich würde nicht wissen, wie ich antworten sollte. Allmählich brachen die Leute auf, und ich sah einen Kommentator-Rivalen die Hand heben und auf mich zukommen.

Ich platzte einfach damit heraus. »Ich würde sehr gern über Julie reden. Jetzt erinnere ich mich wieder. Sie öffneten mir die Tür, als ich sie besuchen wollte. Sie hatte Grippe oder so was. Können wir uns irgendwann auf einen Drink treffen?«

Schon stand mein Kollege neben mir und schlug mir auf den Rücken. Die Frau gab mir ihre Karte und ignorierte ihn völlig. Ich bezweifle, ob er es überhaupt bemerkte, so besoffen war er von irgendeinem Gerücht, das er mir unbedingt erzählen wollte, Klatsch über irgendeinen Staatssekretär, der angeblich in Kürze seinen Rücktritt verkünden würde.

Die Frau schob sich an mir vorbei. »Rufen Sie mich an«, sagte sie.

Wir verabredeten uns in der Bar eines Hotels in der Nähe des Trafalgar Square. Anfangs war sie nervös, saß sehr aufrecht mit den Handflächen auf den Knien da, als würde sie ein schwieriges Gespräch erwarten. Aus reiner Höflichkeit fragte ich sie zuerst nach ihrer Arbeit und nach der Stimmung in der Partei, und sie wurde noch nervöser, runzelte die Stirn und schaute seitlich an mir vorbei. Sie ballte die Hände zu Fäusten. Den Tomatensaft, den ich ihr bestellt hatte, hatte sie noch nicht angerührt. Offensichtlich glaubte sie, Julie wäre nur eine Ausrede, und ich wollte etwas »nicht Zuschreibbares« über ihren Abgeordneten hören, das ich in meiner Kolumne verwenden konnte. Er war ein Konservativer, der zu viel über Grundprinzipien nachdachte und deshalb oft mit der Parteilinie in Konflikt kam – kurz gesagt, bestes Kommentatorenfutter.

Plötzlich schaute sie mich direkt an und schüttelte den Kopf. »Es tut mir sehr leid«, sagte sie. »Über solche Dinge kann ich einfach nicht sprechen … Ich kriege gerade erst wieder festen Boden unter den Füßen …«

Sie schaute über die Schulter, als hätte sie Angst, jemand könnte mithören.

»Bitte glauben Sie nicht …«, setzte ich an. »Es muss ziemlich beängstigend sein, nach so vielen Jahren wieder zurückzukommen. Eine Heirat, wie Sie sagten.«

»Habe ich das? Das habe ich völlig vermasselt. Ich habe die Arbeit wirklich vermisst. Jetzt bin ich mir nicht mehr so sicher. Das Landleben ist ja schön und gut. Passiert nicht viel. Es gibt so viel Bosheit und Gehässigkeit und Neid. Ich weiß auch nicht. Unverschämtheit. Lästereien. Nicht wirklich mein … Aber das kennen Sie selber …«

Sie hatte unzusammenhängend gesprochen, und jetzt fiel es ihr schwer, mich anzusehen – als wisse sie plötzlich nicht mehr, warum sie hier war.

Deshalb fragte ich geradeheraus: »Das mag Ihnen vielleicht komisch vorkommen, aber ich frage mich, ob Sie zufällig noch Kontakt zu Julie haben.«

Sie schüttelte den Kopf und entspannte sich. Sie wartete, dass ich fortfuhr. Kurz zögerte ich zuzugeben, dass ich keine Ahnung hatte, was mit ihr passiert war, dass dies vielleicht meine einzige Chance war, mehr über sie zu erfahren. Aber ich war mir sicher, dass sie nicht zu denen gehörte, die versucht waren, die eine oder andere kleine Bemerkung über John Bridgewells »verlorene Schwester« fallen zu lassen.

»Ich will ehrlich zu Ihnen sein«, sagte ich schließlich. »Ich weiß nur, dass sie nach Kanada ging, und seitdem haben meine Schwester und ich kein Wort mehr von ihr gehört. Wie vom Erdboden verschwunden.«

Sie nickte, als würde sie das nicht überraschen. »Arme Julie! Irgendwie saß sie immer in irgendeiner Patsche. Wir lernten uns kennen, als auch sie im Parlament arbeitete und ich nach jemandem suchte, mit dem ich mir eine Wohnung teilen konnte. Den Job hatte sie nicht lange, wie Sie wissen. War nicht gerade ihre Stärke, was? Diskretion und Takt und das alles.«

Ich grinste. »Julie, wie sie leibt und lebt.«

Ihre Nervosität war so gut wie verschwunden, und das schien sie zu ärgern. Sie hob mahnend den Zeigefinger. »Sie war in schlimmer Verfassung, wissen Sie. Eilte von einer Party zur anderen mit dieser Schickeria. Schreckliche Leute. All der wunderbare Spaß, den sie angeblich hatte. Meistens kam sie erst frühmorgens heim und wollte mir dann alles erzählen. Und plötzlich brach sie in Tränen aus. Man hatte sie links liegenlassen, oder es ging um irgendeinen Scheißkerl.«

Jetzt war sie zornig. Es war, als wäre ich gar nicht mehr da, und sie würde vor einem kleinen Publikum sprechen. Ich nickte wieder und murmelte: »Ich wusste es…«

»Ja, aber wussten Sie auch, wie sehr sie Sie vergöttert hat? Sie war furchtbar stolz auf Sie. Und sie schämte sich. Schämte sich, dass Sie eine so grässliche Schwester hatten. Es schade nur Ihrem Ruf und so weiter und so fort.«

Sie wartete auf meine Reaktion. Ich konnte kaum etwas hinzufügen. »Ich wusste es schon. Wenn sie mich um Hilfe bat, schwang immer sehr viel Scham und Entschuldigung mit.«

»Na ja, ich gab mir Mühe, ihr eine gute Freundin zu sein. Wir teilten uns diese Wohnung ziemlich lange. Mit Unterbrechungen. Von Zeit zu Zeit zog sie zu anderen Leuten. Kam aber immer wieder zurück zur ›guten, alten Sheila‹, wie sie mich nannte, einmal sogar ihre ›zweite Mutter‹. Ich konnte absolut nichts tun, außer ihr zuzuhören, ihre Hand zu halten und ihr ein bisschen Geld zu geben. Nichts, aber es war etwas. Und bei Gott, sie hat sich wirklich *bemüht*!«

»Eine neue Seite aufzuschlagen?«

»Vielleicht nicht ganz der richtige Ausdruck. Von den Drogen loszukommen, dem Alkohol. Und man sollte besser noch hinzufügen, dem Sex. Ach, übrigens, es war nicht die Grippe, die sie damals bei Ihrem Besuch hatte.«

Ich konnte mich an diesen Tag kaum erinnern. Sheila hatte sich im Hintergrund herumgedrückt, während ich an Julies Bett saß und versuchte, ein paar Sätze mit ihr zu wechseln. Aber sie war nur halb bei Bewusstsein, und bald darauf ging ich wieder und ließ ihr 200 £ in einem Umschlag da, denn der einzige Satz, den sie herausgebracht hatte, war, dass sie »ein wenig knapp bei Kasse« sei. Ich weiß nicht mehr, ob ich mich mit Sheila unterhalten hatte oder nicht.

»Sie hatte Glück, Sie zu haben«, sagte ich und fügte nicht direkt hinzu, dass sie sonst niemanden hatte. Ich fragte mich, wenn Sheila schon nichts tun konnte, was hätte dann ich ausrichten können? Sie schaute mich mit so scharfer Neugier an, dass ich sie auch das nicht fragen konnte.

»Tja, wir fragen uns immer, nicht, oder sollten es zumindest, ob wir mehr hätten tun können?«

Wieder wartete sie auf meine Reaktion, aber ich konnte nur noch mal nicken. Jetzt blieb lediglich eine Frage, die wichtig war.

Ich stellte sie unverblümt: »Hatten Sie noch irgendeinen Kontakt mit ihr?« Sie wartete, dass ich fortfuhr, als wäre das eine törichte Frage, die man nun wirklich nicht zu stellen brauchte. Also fügte ich hastig hinzu: »Meine Schwester und ich haben kein Wort mehr von ihr gehört. Kein einziges Wort.« Sie antwortete noch immer nicht und schaute jetzt wieder seitlich an mir vorbei. »Ich will offen zu Ihnen sein. Es geht nicht nur darum. Es geht darum, warum sie uns all die Jahre so im Dunkeln lassen konnte. Wir wissen nicht einmal, ob sie noch lebt. Wir hatten gar keine andere Wahl, als zu versuchen, sie aus unseren Gedanken zu verbannen, als wäre sie tot, meine ich. Das klingt ziemlich schrecklich, nicht?«

Sie überlegte lange, ihr Tomatensaft und die Schüssel mit Erdnüssen standen noch unberührt auf dem Tisch.

»Sie hat so viel von Ihnen erzählt. Von ihrer Kindheit. Da lag so viel Liebe darin, wie es sie auch unter Geschwistern nur selten gibt.«

»Und unsere Eltern, hat sie je über die gesprochen?«

»Na ja, das war so eine Sache. Sie erzählte von einem besonders tränenreichen Abend, als Ihr Vater von zu Hause wegging und dann bei einem Autounfall ums Leben kam. Dass Ihre Mutter sehr lange krank war und jetzt ebenfalls tot ist. Sie vergötterte beide. Sie hatte diese Erinnerung an ein perfektes Familienleben, Ausflüge ans Meer, Picknick und Spiele, Steine ins Meer werfen. Sie schien immer ein Bild vom Glück am Meer im Hinterkopf zu haben. Manchmal sagte sie, eines Tages würde sie wieder am Meer leben. Dort sei sie am glücklichsten gewesen. Dass Sie und Ihre Schwester mit Ihren Familien kommen und ganz in der Nähe leben würden. Je schlimmer es um sie stand, umso häufiger kam sie darauf zurück. Dann flossen wieder Tränen, aber keine der Reue. Es hatte einen anderen Grund. Die verlorene Zeit.«

Ich wusste nicht, was ich sagen sollte. Sie schien jetzt selber den Tränen nahe, doch dann fügte sie hinzu: »Arme Julie. Ich habe sie sehr gemocht. Ich möchte, dass Sie das wissen. Ich hielt sie oft in den Armen, bis sie aufhörte zu weinen.«

Sie schien das Gespräch abschließen zu wollen. »Haben Sie noch einen Augenblick Geduld mit mir«, sagte ich und versuchte, ihren Blick zu halten, der jetzt, da immer mehr Leute in die Bar strömten, herumwanderte. »Was glauben Sie, warum ließ sie den Kontakt abreißen?«

Sie schüttelte den Kopf. »Ich bin mir nicht sicher. Natürlich kann ich nicht... Was soll ich sagen? Sie hat Sie beide sehr bewundert. Ihre Schwester, Hester, nicht, war brillant und wusste alles über Bücher und Bibliotheken. Und was Sie anging, na ja...«

»Ich glaube, ich kann es mir vorstellen...«

»Nur... wenn die Lage wirklich schlimm war, sagte sie manchmal, dass Sie sie wohl besser los wären. Solche Sachen.«

Ich schloss die Augen. Das zu hören war furchtbar.

»Tut mir leid«, sagte sie, »aber das könnte einer Antwort auf Ihre Frage nahekommen.«

»Reden Sie weiter.«

»Ich habe tatsächlich von ihr gehört. Ein paar kurze Briefe aus Toronto. Eigentlich klang sie ziemlich glücklich, zumindest hat sie so getan. Sie wollte ja nie jemandem, der ihr nahestand, zur Last fallen. Sie schrieb, sie arbeite in der Schnäppchenabteilung eines großen Kaufhauses und verkaufe Gartengeräte. Falls ich je etwas über kanadische Gartenschläuche wissen wolle... Jede Menge Ausrufungszeichen. Das war die zweite Karte. Auf der ersten schrieb sie nur, sie wolle mir sagen, wie dankbar sie sei, ich sei so ziemlich das Beste, was ihr in ihrem Leben je passiert sei.«

»Und danach?«

»Nichts. Ich antwortete ihr, schrieb ihr, dass ich sie vermisse und dass sie sich wieder melden soll. Es tut mir leid, aber das ist alles. Ich habe mich auch gefragt … Auch mir fiel es schwer, ihr zu verzeihen.«

Jetzt stellte sie sich ihre Handtasche auf den Schoß und fing an, mit dem Verschluss zu spielen. Sie wollte gehen. Ich konnte den Ausdruck ihrer Augen nicht entziffern, als sie mich nun direkt anschaute. War es Trauer über die aufgefrischten Erinnerungen? Mitleid? Die Angst, versagt zu haben? Oder einfach nur Endgültigkeit? Ja, sie wollte das Thema abschließen. Sie hatte bereits zu viel gesagt.

»Ich bin Ihnen sehr dankbar«, sagte ich. »Das ist für uns beide schmerzhaft. Nur noch eine Sache. Auf ihrer letzten Postkarte schrieb sie, all ihre Schulden seien beglichen. Natürlich nicht die bei mir und Hester. Aber Ihnen muss sie doch auch etwas geschuldet haben.«

Sie umklammerte ihre Handtasche. »Ach ja. Jeder Penny. Mit Zinsen. Sie hinterließ mir einen Umschlag mit einem Zettel, auf dem einfach stand: ›Endlich, meine liebe Freundin, bist du mich los. Die restlichen Klamotten an Marie Curie oder Oxfam. Wenigstens das kann ich für die menschliche Rasse tun.‹ Die meisten Stücke, die sie gekauft hatte, um mit ihrer modischen Clique mithalten zu können, hingen noch im Schrank. Ich hatte keine Ahnung, dass sie ans Weggehen dachte. Zu der Zeit war ich gerade im Urlaub. Irgendjemand hatte ihr ziemlich viel Geld gegeben. Da waren ja auch die Reisekosten, und für die erste Zeit drüben brauchte sie ja auch etwas.« Sie hielt kurz inne. »Ich kann mir vorstellen, wer das gewesen sein könnte.«

Ihre Stimme verklang, und sie erhob sich so abrupt, dass sie mich überrumpelte. Dann drehte sie sich um, und mir blieb kaum Zeit aufzustehen. Sie streckte mir die Hand entgegen.

»Tut mir leid. Hab den Tomatensaft gar nicht angerührt«, sagte sie. »Aber vielen Dank.«

»Könnten wir ...«, setzte ich an.

»Es ist zu ... Na ja, es sind starke Erinnerungen, die bereits ein wenig verblasst waren. Wenn Sie wollen, können wir uns wieder treffen. Aber es gibt nichts mehr, was ich Ihnen sagen könnte. Ich hoffe, sie taucht eines Tages wieder auf. Falls Sie sie sehen, würden Sie ihr bitte sagen, dass Sheila sie vermisst hat und alles dafür geben würde, sie wiederzusehen? Etwas in dieser Richtung.«

Ich schaute ihr nach. Sie fummelte in ihrer Handtasche und hob dann die Hand zum Gesicht. Ein Taschentuch. Sie war gegangen, damit ich ihre Tränen nicht sah. Vermutete ich zumindest. Das war der Grund für die Unsicherheit in ihren Augen gewesen; die Gefühle waren den Gedanken voraus. Wenigstens wusste ich jetzt, dass Julie in Kanada angekommen war und Arbeit gefunden hatte, aber sehr viel weiter brachte mich das auch nicht. Ich versuchte mir vorzustellen, wie Julie Gartenschläuche und Spaten und Harken mit dem ihr so eigenen Eifer verkaufte, dabei immer wieder kicherte und hoffte, dass die Kunden das alles ebenso lustig fanden wie sie.

Aber immerhin war es ein Anfang. An diesem Abend erzählte ich Hester von meiner Begegnung mit Sheila, und sie sagte sofort: »Und wann fliegst du dann nach Kanada?« Sie sagte das leicht spöttisch, aber es war klar, dass sie genau das von mir erwartete. Ich stammelte unverbindlich, dass ich zurzeit ziemlich viel um die Ohren hätte, aber darüber nachdächte.

Meine wöchentliche Kolumne lief gut, und ich hielt mit meiner Meinung über die Parteitage nicht hinterm Berg. Was mir jedoch mehr denn je Kopfzerbrechen bereitete, war die Qualität der Debatten, oder genauer, der Mangel daran. Die Rhetorik war so schwach, die Eloquenz so erschöpft, die Argumentation so würdelos, dass ich allmählich die Hoffnung aufgab, jemals wieder etwas Konstruktives sagen zu können. Es gab keine Tiefen auszuloten. Aber dann fragte ich mich, ob ich nicht ganz einfach abgestumpft und bedeutungslos wurde, nur Bridgewell, der mal wieder eine seiner Tiraden abließ. Ich versuchte zurückzugreifen auf die sozialen und politischen Werte, die früher die politische Debatte vorangetrieben hatten, und es war, als hätten sie sich in Luft aufgelöst. Einiges davon floss in mein nächstes Gespräch mit Hester ein, und sie meinte, ich sollte mir einen Monat Auszeit gönnen und dann rechtzeitig zurück sein, um über die nächste Wahl herzuziehen.

Ich hatte schon einige Zeit das Gefühl, dass meine Arbeit, meine Gedanken der Vergangenheit angehörten, dass ich allmählich ausgeschöpft hatte, was ich Sinnvolles über irgendwelche Themen sagen konnte. »Mal wieder über was hergezogen, was, Johnny«, war die Art von Kommentar, die ich bekam. Einmal hörte ich, wie man mich »Schwadroneur Bridgewell« nannte. Ich sei zu sehr in Ideen vernarrt, dachten die Leute, immer auf der Suche nach ewigen Wahrheiten mit meinen Bezugnahmen auf Berlin und Popper und Rousseau und Rawls und wen sonst noch. Inzwischen konnte ich meine eigene Stimme nicht mehr hören. Und die Wahrheit ist, dass ich das zum Teil Julie zu verdanken hatte. Immer wieder griff ich zu dem Ordner an der Ecke meines Schreibtisches, der inzwischen auch den Bericht über meinen Besuch bei Hester enthielt. Immer wieder, wenn ich die Augen schloss, um meinen nächsten Satz zu überdenken, und dabei versuchte, die Außenwelt im Blick zu behalten, war es Julie, die ich vor mir sah, am Meer, beim Verkauf von Gartengeräten, krank im Bett, all ihre Schönheit verschwunden, tränenüberströmt in Sheilas Armen. Mit meinem neuen Buch, in dem es darum ging, was unsere politische Debatte verloren hatte, kam ich kaum voran – es sollte auch den Titel tragen *Was wir verloren haben.* Und dann stieß ich in Fryes *Das moderne Jahrhundert* auf folgende Passage. Er beschreibt eine lange Zugfahrt.

Während das Auge passiv durch eine schnell sich bewegende Landschaft gezogen wird, wird es dunkler, und man bemerkt allmählich, dass viele Objekte, die draußen zu sein scheinen, tatsächlich Spiegelungen dessen sind, was sich im Abteil befindet. Während es völlig dunkel wird, betritt man eine narzisstische Welt, in der wir, bis auf einige Lichter hier und dort, nur die Spiegelungen dessen sehen, wo wir sind.

Das Hinterland der Werte in der politischen Landschaft, das ich so lange durchforstet hatte, war dunkel und leer geworden, und diese wenigen Lichter brannten hell wie Heimstätten in einem fremden Land. Was Sheila Smith mir über Julie erzählt hatte, deprimierte mich noch mehr, obwohl es nur das ergänzte, was ich bereits wusste. Es sollte noch schlimmer kommen.

Ich rief sie an, um ihr für ihre Zeit zu danken, und fragte zögernd, ob wir uns noch einmal sehen könnten. Zuerst sagte sie, dass sie mir wirklich nicht mehr zu sagen hätte. Sie schien schon auflegen zu wollen, deshalb stellte ich hastig die Frage, die mich am meisten beschäftigte. Wer, fragte ich, hatte Julie ihrer Meinung nach das Geld gegeben, mit dem sie das Ticket nach Kanada bezahlt und ihre Schulden beglichen hatte? Sie schwieg eine ganze Weile, bevor sie antwortete.

»Es gab da einen Bekannten oder was auch immer, mit dem sie sich kurz vor dem Ende ziemlich häufig traf. Ich bin mir aber nicht sicher…«

Vielleicht drängte ich sie zu sehr. »Könnte es nicht sein, dass er mehr über sie weiß, dass er weiß, was passiert ist…? Ich würde ihn gern kennenlernen.«

Wieder gab es eine lange Pause, dann seufzte sie. »Ich bin mir nicht sicher…«, setzte sie an. »Na gut. Ich verstehe. Wir beide … Nächstes Wochenende fahre ich nach

Brighton, um meine alte Mutter zu besuchen. Die M23 führt nahe an dem Dorf vorbei, wo er lebt. Einmal habe ich Julie dort abgeholt. Wahrscheinlich ist er umgezogen, aber na ja, warum nicht …?«

Und so fuhren wir zusammen nach Brighton. Sie hatte ein für eine so konventionelle Frau ziemlich sportliches Auto, und mehr als einmal verkniff ich es mir zu fragen, warum sie es so eilig habe. Auf der Hinfahrt sprachen wir kaum über Julie.

Bei einem ziemlich dramatischen Überholmanöver zog ich hörbar die Luft ein, worauf sie sagte: »Sie hätten Julie fahren sehen sollen.«

»Ich dachte, sie hatte keinen Führerschein.«

»Hatte sie auch nicht. Ich sollte ihr Stunden geben. Das Theoretische hatte sie bestanden, Gott weiß, wie. Überholen war eine ihrer großen Leidenschaften.«

Die meiste Zeit sprachen wir über ihre verwitwete Mutter, die noch immer trotzig alleine lebte. Sie ließ sich von niemandem etwas sagen und war absolut entschlossen, ihr eigenes Leben zu leben und niemandem zur Last zu fallen. Wie Hester arbeitete sie im wohltätigen Bereich und machte Hausbesuche, obwohl sie das schon längst hätte aufgeben sollen. Mich interessierten eher die Jahre, die Sheila auf dem Land verbracht hatte, bevor sie wieder ins Parlament zurückkehrte, und ich fragte sie sogar danach, aber sie beugte sich nur kurz vor, als wollte sie ihr Gesicht vor mir verbergen. Ich fragte sie dann, wie sich der neue Job anlasse, doch in meiner Stimme schwang die professionelle Neugier mit, und ich machte das Ganze noch schlimmer, indem ich mit einem schnodderigen Lachen hinzufügte: »Natürlich nicht zuschreibbar.« Sie erwiderte unverbindlich etwas über die große Erwartungshaltung und kehrte dann zu ihrer Mutter zurück, die Lehrerin gewesen war und die ganze Welt wie eine widerspenstige Schulklasse behandelte. Sie vermisste ihren Mann sehr und sagte immer, er würde am Tor auf sie warten, um ihr bei den Formalitäten zu helfen. Ich bedauerte, dass ich sie nicht kennenlernen würde. Schließlich setzte Sheila mich vor der Wohnung eines Freundes ab, den ich seit langem nicht mehr gesehen hatte und der darauf bestand, dass ich von dem politischen Leben, das ich führte, erzählen sollte, in diesem Augenblick das letzte Thema, worüber ich sprechen wollte.

Auf dem Rückweg fuhr sie von der Autobahn ab und in ein Dorf, wo wir vor einer Einfahrt zwischen zwei makellosen Blumenbeeten und einem frisch gemähten Rasen hielten, die zu einem großen Haus im Tudor-Stil führte. Die Sonne funkelte auf den Bleiglasscheiben und der messingbeschlagenen Tür. Eine Seite des Hauses war mit schlammfarbenem, totem Efeu bewachsen.

»Hier habe ich Julie abgeholt, um sie nach London mitzunehmen. Das werde ich nie vergessen: Julie rannte mit zwei riesigen Hunden heraus, die an ihr hochsprangen, und hinter ihr her kam ein Mann mit zwei prall gefüllten Koffern. Sie lachten beide, als er sie von hinten mit einem der Koffer anstieß. Er packte sie in den Kofferraum und begrüßte mich überschwänglich. ›Sie ist ein wunderbares Mädchen, und Sie müssen gut auf sie aufpassen.‹ Das werde ich nie vergessen. Oder genauer, den langen Kuss werde ich nie vergessen, den sie ihm direkt neben mir gab, und wie er ihr klatschend auf den Hintern schlug. Sie lachten noch immer, als wir losfuhren.«

»Wir können doch nicht einfach an die Tür klopfen, oder?«, fragte ich. »Sieht außerdem ziemlich verlassen aus.«

Sie wollte eben wieder losfahren, als ein Mann aus dem Haus kam und mit hoch erhobenen Händen winkend auf uns zulief. Uns blieb nichts anderes übrig, als zu warten.

»Sind Sie hier, um sich das Haus anzuschauen?« Er hatte sich ins Fenster gebeugt und redete zu laut. Wir dachten, er sei wütend, weil wir sein Haus anstarrten, doch er öffnete die Wagentür und sagte: »Kommen Sie rein und riskieren Sie 'nen Blick.«

Ich dachte, Sheila würde sofort klarstellen, dass wir keine potentiellen Käufer waren, doch sie stieg einfach aus. Also tat ich es ihr gleich. Dann kam sie jedoch direkt zum Punkt. »Sie werden sich nicht an mich erinnern. Aber ich habe Julie hier abgeholt. Ich fürchte, wir sind keine Käufer.«

»Ach du meine Güte!«, sagte er. »Julie! Das ist ja eine Ewigkeit her! Kommen Sie doch mit, gehen wir ins Haus.«

Er war kein Mann, den man auf Anhieb sympathisch fand: die welligen, grauen Haare an den Schläfen, das Grübchen im Kinn, die Brustbehaarung im offenen Hemd, die gebügelte, blaue Cordhose und die Wildlederschuhe, die gezupften Augenbrauen und die dünnen Lippen, vor allem aber die tief in den Höhlen liegenden Augen. Sein Gesicht hatte etwas Geglättetes und Wächsernes, das auf ein Face-Lifting hindeutete. Er gab sich noch immer große Mühe, die vermeintlichen Erwartungen an ihn als Mann zu erfüllen. Sein Akzent klang falsch, als würde er ihn sich erst aneignen. Kurz, er wirkte rundherum unzuverlässig, und doch hatte er uns willkommen geheißen, wobei er auch an der Jovialität noch arbeiten musste.

In dem teuer mit Leder und Samt ausgestatteten Salon läutete er ein Glöckchen und sagte einem orientalischen Mädchen in schwarz-weißer Uniform mit unnötig lauter Stimme, sie solle Tee bringen. Er bellte es als Befehl. Dann wies er uns Sitzplätze an. Sheila mochte ihn offensichtlich noch weniger als ich, sie schaute mich mit immer größer werdenden Augen an. Hoffentlich, dachte ich nur, hoffentlich sagt sie ihm nicht, dass ich Julies Bruder bin. Offenbar schien es ihm jedoch ziemlich egal zu sein, wer wir waren, er wollte nur unbedingt sein Haus vorführen.

Er rieb sich die Hände und zog sich beim Hinsetzen die Hose hoch. »Julie! Ich werde Julie nie vergessen. Wunderbares Mädchen. Meine Frau hat mich eben verlassen, also kann ich endlich sagen, was ich will. España, ich komme. Kannte sie nicht sehr lange. Habe mich oft gefragt, was aus ihr geworden ist. Ich kann nur eins sagen, wir hatten eine klasse Zeit. Jeden Penny wert, wenn ich so sagen darf. Den ich ihr auch gern gegeben habe. Lebhaft ist gar kein Ausdruck. Keine Sekunde langweilig. Man musste nur sagen… Aber ich will nicht ins Detail gehen. Ein paar Besuche im beschwingten Paris. Und was für einen Schwung die hatten! Julie war in jeder Hinsicht ihr Geld wert, auch wenn ich das selber sage. Wunderbares Mädchen, diese Julie«, wiederholte er.

Er schaute überallhin außer zu uns, rieb sich die Hände, schniefte hin und wieder laut und zwirbelte sich die Augenbrauen, wie um sie flotter aussehen zu lassen. Sheila und ich schauten einander an und schüttelten beide leicht den Kopf. Einmal riss er die Augen weit auf, als würde die Erinnerung an Julie ihn erstaunen. Sie waren wässerig und blutunterlaufen. Über den grauen Schläfen wirkten seine Haare stumpf, wie frisch gefärbt. Er gab sich wirklich größte Mühe, sein Alter zu verbergen.

Ich fragte ihn, wann er sie zuletzt gesehen habe.

»Oje! Ewigkeiten her. Hat mich um ein Darlehen gebeten, nur damit sie über die Runden kommt. So was Ähnliches hat sie gesagt. Hab einen richtig schönen Batzen abgedrückt, wenn man's bedenkt. Ein langes Wochenende. Nie wieder was von ihr gehört. Kein einziges Wort.« Er wandte den Blick wieder ab, spürte wohl unser Unbehagen. »Nichts gegen sie, verstehen Sie mich nicht falsch. Das ging bei Julie gar nicht.« Jetzt sah er uns direkt an. »Was gegen sie haben, meine ich.«

Sheila war es, die als Erste aufstand, auf die Uhr schaute und sagte: »O Gott, es ist ja schon so spät.« In diesem Augenblick wurde der Tee gebracht. »Es tut mir wirklich leid. Sie waren sehr gastfreundlich.«

Er blieb sitzen. Unser plötzlicher Aufbruch hatte ihn aus der Fassung gebracht, vermutlich dachte er, in der guten alten Zeit wäre so etwas nie passiert. »Na ja, hatte gehofft, ich könnte Ihnen mein bescheidenes Heim zeigen. Fünfundzwanzig Jahre lang. Wie auch immer, richten Sie dem alten Mädchen schöne Grüße von mir aus. Sagen Sie ihr, wann immer …«

Er folgte uns zur Tür und stand dann winkend da, bis wir davongefahren waren. Lange Zeit sagten wir kein Wort.

»Er wirkte beraubt«, sagte ich. »Seine Frau hat ihn verlassen. Einsam. Wollte, dass wir bleiben.«

»Ein grässlicher, grässlicher Mann«, erwiderte Sheila. »Hat nicht einmal gefragt, wie es ihr geht.«

»Was meinen Sie, Labour?«

»Auf keinen Fall. Eindeutig Tory. Oder vielleicht ein Unabhängiger.«

VI

Danach schwiegen wir lange. Ich war so angewidert von dem Gedanken an Julie in den Armen dieses Mannes, dass ich versucht hatte, etwas Freundliches über ihn zu sagen. Es ist eine Angewohnheit meines Berufs, dieses Bemühen um Fairness, sich etwas Positives zu überlegen, da der ganze Rest so negativ wird. Einerseits, andererseits … »Mann, wissen Sie überhaupt noch, wo links und rechts ist, so neutral wie Sie sich in letzter Zeit verhalten«, hatte ein Abgeordneter vor ungefähr einem Monat zu mir gesagt. Hatte ich früher eine Leidenschaft in mir gehabt, die jetzt ausgebrannt war? Hatte es seit diesem einen Mal in meiner Kindheit Augenblicke des Wagemuts gegeben? Ich erinnerte mich an Julie an diesem schrecklichen Tag, an das Kind in ihr, das immer noch durchschien. Dann wurde ich plötzlich wütend.

»Ich kann's ja ruhig aussprechen. Sie war eine Art Callgirl, nicht?«

Ich hatte erwartet, dass sie mir nicht direkt antwortete, doch sie legte mir kurz die Hand aufs Knie und sagte: »Ich fürchte, das war sie. Zumindest zeitweise. Escortgirl ist das nettere Wort. Manchmal kam sie mit dicken Geldbündeln zurück. Natürlich, typisch Julie, gab sie es fast sofort wieder aus. Nicht nur für sich selber, nicht nur für Kleider. Sie machte den Leuten kleine Geschenke. Zahlte Schulden zurück. Auch bei mir. Sie bestand darauf. Wissen Sie, wichtig war ihr nur, dass sie in diesem Augenblick genau das tun konnte. Dann musste es wieder einen neuen Kunden geben. Ich weiß nicht, wie viele. Fragen Sie mich nicht. Ich sage das zwar nicht gern, aber so wie Julie war, dürfte sie sich wirklich bemüht haben, ihnen was zu bieten für ihr Geld.«

»Na ja, das kann man wohl annehmen, nicht?«

»Aber es dauerte nicht lange, und dann kamen die Tränen. Die Scham. Eine Scham gegen die andere.«

Was gab es noch mehr zu sagen? Ich fragte sie nach ihrer Mutter, und sie meinte, dass sie es noch immer übertreibe. Sie hatte sie bei einem ihrer Besuche begleitet, und sie hatte sich sehr herrisch aufgeführt. »Aber so geht das doch nicht, Mr. Wie-immer-Sie-heißen, jetzt reißen Sie sich doch mal zusammen.«

Sie zitierte ihre Mutter mit hochnäsiger Stimme, aber es lag auch viel Zuneigung darin. Ich erzählte ihr, dass Hester sich ähnlich engagierte und ebenfalls dazu neige, den Leuten zu sagen, wo's langgehe. Dann sagte sie mir, was sie in der folgenden Woche vorhabe: Sie müsse ihren Abgeordneten in seinen Wahlkreis begleiten. Als sie mich vor meiner Wohnung absetzte, bat ich sie herein, aber sie schüttelte entschieden den Kopf.

»Es tut mir leid«, sagte sie, »es tut mir wirklich leid.

Ich wusste ja ungefähr, was uns erwartet. Hätte ich das alles vor Ihnen verbergen können? Vielleicht musste ich das Elend des Ganzen mit jemandem teilen. Die Wahrheit …«

Ich öffnete die Autotür. »Ach ja, die vermaledeite Wahrheit«, sagte ich bitter. »Das müssen wir respektieren, nicht? Was immer sie uns sagt.«

Und so gingen wir auseinander. Ich fragte mich, ob ich Hester von meinem Besuch in Sussex erzählen sollte, erkannte aber dann, wie unmöglich das war. Hester hatte sich damit abgefunden, Julie als Mädchen zu betrachten, das zu sehr auf Vergnügen aus war und sich ein bisschen mehr hätte zusammennehmen sollen. Als Julie diese paar Tage bei ihr wohnte, hätte sie sich ihr auf keinen Fall anvertrauen können. Hester war ihre große Schwester, die keinen Leichtsinn durchgehen ließ und nur allzu bereit war, sie herunterzuputzen, weil sie über ihre Verhältnisse lebte. Mit Sicherheit hatte sie Hester in dem Glauben lassen wollen, dass sie sich bessern werde, dass es ihr gutgehe und sie hart arbeite. Vor allem waren die beiden wahrscheinlich wieder zu den Schwestern ihrer Kindheit geworden, Hester in der Erinnerung als der beste – ja einzige – Turm der Stärke.

Bei meinem nächsten Gespräch mit Hester wollte ich ihr sagen, wann ich nach Kanada aufbrechen würde. Mein Redakteur hatte gemeint, ein bisschen zu leichthin für mein Gefühl, dass es ihm nicht schwerfallen würde, meinen Platz zu füllen, falls ich einen Monat oder so freinehmen wollte. (Außerdem ließ er noch etwas anderes durchblicken: »Könnten Sie nicht vielleicht ein bisschen weniger elitär schreiben, hm, Johnny?«) Und bis zur Veröffentlichung meines nächsten Buchs war es noch lange hin. Frye hatte mir den Titel gegeben: *Die leere Landschaft*. Ich wusste, wo Julie vor all diesen Jahren gearbeitet hatte, und ich würde sehr schnell herausfinden, dass sie dort keine Informationen mehr über sie hatten. In einem so riesigen Land würden Spuren bald kalt werden, ganz zu schweigen von der Möglichkeit, dass es sie südlich über die Grenze verschlagen hatte. Ich war mir sicher, das Ganze würde sich als Fryes dunkle und leere Landschaft erweisen. Zumindest würde ich mir dann nicht mehr vorwerfen müssen, es nie versucht zu haben. Und Hester würde mir mit Sicherheit auch nichts vorwerfen. Sie war hocherfreut, als ich es ihr sagte. »Der gute, alte Johnny«, sagte sie. »Ich wusste, dass du uns nicht im Stich lassen wirst.«

Und so fand ich mich also im Park Plaza Hotel im Zentrum Torontos wieder. Ich sprach mit einem alten kanadischen Freund von der Fakultät für Politische Wissenschaften, der sich sehr zu freuen schien, von mir zu hören, und mich zum Abendessen einlud. Er und seine Frau sagten beide, sie läsen hin und wieder meine Kolumne, und meine Bücher gefielen ihnen. Ich »hielte noch die alte Fahne hoch«. Natürlich wollten sie wissen, was mich nach Kanada geführt hatte, vor allem zu einer Zeit, da es in Großbritannien politisch so viel Aufregendes gebe. Ich murmelte etwas von familiären Beziehungen, und sie beließen es dabei. Es gab viel zu viele andere Dinge zu diskutieren und Gedanken auszutauschen: über Afghanistan, den neuen US-Präsidenten, Kanadas Verfassungskrise wegen einer Minderheitsregierung vor etwa einem Jahr, mit der wir es auch bald zu tun bekommen könnten. Was für ein angenehmes Paar sie doch waren, mit klarem Kopf und offenem Herzen! Da war nichts von der aggressiven Überheblichkeit, an die ich so gewöhnt war und die fast so etwas wie eine Lebensart geworden war. Die Gespräche hatten eine gewisse Unschuld, doch keine der Naivität oder des schlichten Gemüts, es war eine Verweigerung des Hohns, sie wollten weder schlau noch zynisch klingen, sich nicht am Unbehagen anderer ergötzen. Es war die Unschuld der Höflichkeit. Ich erwähnte kurz die Gehässigkeit und oberflächliche Aufmerksamkeitshascherei der britischen Politik, doch sie wollten nichts davon hören und erinnerten sich lieber an die gute alte Zeit, die sie vor vielen Jahren in England verbracht hatten und für die sie sehr dankbar waren. Ich sagte, ich wisse noch nicht, wie lange ich bleiben würde, aber sie luden mich ein, vor einer Gruppe ihrer graduierten Studenten über die politische Szene Großbritanniens zu sprechen, und wir vereinbarten einen Zeitpunkt am nächsten Tag. Es machte mich glücklich, diese guten Menschen wiederzusehen. Sie kamen aus dem Westen, und ich fragte mich, inwiefern diese riesigen, offenen Flächen sie zu dem gemacht hatten, was sie waren. Wo hatte ich erst vor kurzem gelesen, dass der vorherrschende kanadische Mythos der des Überlebens sei? War es das, eine herzensgute Robustheit, die mir das Gefühl gab, von einer kleinen, engen Insel zu kommen? Die Reise in Northrop Fryes Buch führte durch eine kanadische Landschaft, in der meilenweit Dunkelheit herrschte und überhaupt keine Lichter zu sehen waren.

Das erinnerte mich daran, dass Frye bemerkt hatte, was alles zerstört worden sei durch die Art sektiererischen Streitens, das für viele Menschen so viel interessanter ist als das wirklich menschliche Leben.

Ich vereinbarte einen Termin mit jemand aus der Personalabteilung des Kaufhauses, in dem Julie gearbeitet hatte. Ich musste nicht erklären, wer sie war und warum ich wissen wollte, wie lange sie dort gearbeitet hatte. Sie brauchten auch nicht lange, um die Antwort zu finden. Etwa zwei Jahre lang hatte sie in verschiedenen Abteilungen gearbeitet, aber es gab keine Nachsendeadresse. Ich wollte es eben dabei belassen, als der Angestellte eine Frau sah, die den Korridor entlangging, und sie zu uns winkte.

»Madame Gedächtnis ist schon seit einer Ewigkeit hier. Alles, woran sie sich nicht erinnert, ist der Erinnerung nicht wert.«

Die Frau kam zu uns, und ich nannte ihr Julies Namen und zeigte ihn ihr in der Kartei. Sie wischte sich schnell mit der Hand über den Mund und riss weit die Augen auf, dann lächelte sie, als würde ihr plötzlich wieder einfallen, dass ich ein Recht auf eine Begrüßung hatte. Dann nickte sie.

»Ach ja, Julie Bridgewell. Ich erinnere mich tatsächlich

an sie. Das ist lange her, müssen Sie wissen. Dürfte ich erfahren, warum Sie nach ihr fragen?«

Sie schien an meiner Antwort gar nicht interessiert zu sein und schaute zurück in den Korridor, als hätte sie dort jemanden warten lassen. In ihrer Frage lag absolut keine Neugier. Eigentlich hatte sie mich nach dem knappsten aller Lächeln kaum angesehen. Ich konnte mir nicht vorstellen, sie irgendwohin auf ein Gespräch einzuladen. Um zu verhindern, dass sie davonlief, versuchte ich, nicht zu beiläufig zu klingen.

»Eine seit langem verlorene Verwandte. Als meine Familie hörte, dass ich nach Kanada gehe, um an der Universität einige Vorlesungen zu halten, bat sie mich, ein paar Nachforschungen anzustellen. Ich verstehe schon. Keine Nachsendeadresse, aber es ist keine völlige Sackgasse. Ich bin Ihnen sehr dankbar ...«

Sie bat mich um meine Visitenkarte und sagte, sie werde mich im Hotel anrufen. Dann lächelte sie noch einmal, doch ganz anders, mit Herzlichkeit. Lange verlorene Verwandte waren offenbar sehr wichtig in einem Land, in dem die Leute so weit in die Ödnis des Vergessens reisen konnten.

Sie rief mich noch an diesem Nachmittag an und schlug mir vor, am folgenden Abend zwei von Julies alten Kolleginnen zum Essen zu treffen. Sie kam nicht selbst ins Restaurant, aber die beiden Frauen warteten auf mich. Mir waren die beiden sofort sympathisch. Sie wollten mir unbedingt von Toronto und seinen vielen Vorzügen erzählen. Beide waren als Teenager mit ihren Eltern aus Großbritannien gekommen und erzählten von den guten Zeiten, die sie gehabt hatten, wobei eine der anderen immer wieder ins Wort fiel.

Wie es klang, waren beide glücklich verheiratet, und jede hatte eine heranwachsende Tochter. Sie schienen sich zu schämen, dass sie nie zurückgekehrt waren, vor allem nach den vielen Familienfotos, die ihre Eltern ihnen gezeigt hatten. Für die Töchter war für den kommenden Sommer eine Kulturreise gebucht, zu der auch Stratford-upon-Avon und ein paar Kathedralen und Herrschaftshäuser gehörten. Sie sagten noch immer »die alte Heimat«, vielleicht nur aus reiner Höflichkeit. Man hatte fast den Eindruck, sie würden diese Reise selbst unternehmen, auf jeden Fall aber würden sie ihre Töchter anweisen, »Unmengen schöner Fotos« zu schießen. Ich fragte mich allmählich, ob sie vergessen hatten, warum wir hier waren, als wäre Julie ein Thema, das sie lieber mieden.

So sagte ich ganz einfach: »Ich habe gehört, Sie kannten Julie.«

Meine Anfrage schien für sie als wunderbare Überraschung zu kommen, und sie antworteten abwechselnd. Es war fast wie Kabarett, sie tauschten ständig die Rollen, die eine aß, während die andere redete. Das Betupfen der Lippen mit der Serviette nach jedem Bissen war das Signal für die andere, dass jetzt sie an der Reihe war. Die Frisuren sorgfältig gepflegt und gekleidet in dunklen Kostümen mit Rüschenblusen, zeigten sie ihr bestes Benehmen, als gälte es, ein Beispiel zu setzen. Ich stellte mir vor, dass sie immer so waren – höflich, aufmerksam, die Gesichter auf den ersten Blick unverbindlich, doch dahinter versteckte sich eine rücksichtsvolle Sorge um Anstand. Manchmal lächelten sie mich kurz an, als wüssten sie nicht genau, welchen Eindruck sie machten. Sie trugen nur wenig Lippenstift, aber ihre darauf abgestimmten leuchtend roten Fingernägel huschten in dem von Kerzen erleuchteten Raum über ihre Teller wie hektische, kleine Schmetterlinge.

Zurück in meinem Hotelzimmer, schrieb ich auf, woran ich mich aus dem Gespräch noch erinnern konnte.

»Julie war ja ein solcher Spaßvogel, nicht...?«

»So enthusiastisch! Kannst du dich noch an den Tag erinnern, als sie in der Straßenbahn anfing, *Roll Out The Barrell* zu singen?«

»Und so englisch... Ihr war es egal... Ich meine, gewisse Leute.«

»Ein bisschen viel konnte es manchmal schon sein. Sie fing an zu kichern und sagte den Kunden, das sei vielleicht gar nicht das, was sie wollten.«

»War sie denn nicht auch mal in der Wäscheabteilung?«

»Ach du meine Güte, ja: Sind Sie sich sicher wegen der Größe, Darling?«

»Das ist London, nicht? Ich habe meine Tochter gewarnt. Darling hier und Herzchen dort.«

»Als sie bei uns anfing, kam sie zu den Gartengeräten. Eigentlich hatte sie überhaupt keine Ahnung davon. Die Leute fragten sie um Rat wegen Dünger oder Saatgut, was die beste Harke oder der beste Gartenschlauch ist. Sie meinte, Garten sei für sie in erster Linie der Covent Garden, das Opernhaus. Sie könne sich nicht vorstellen, dass Leute in so was wirklich den Rasen mähen oder Dünger ausbringen. Damit kam nicht jeder zurecht.«

»Einige Leute fanden sie nicht so lustig, oder? Mit ihrer affektierten Stimme.«

»Sie hat ein bisschen stark aufgetragen, ja. Aber um sich selber auf die Schippe zu nehmen.«

»Sie versuchte auch gar nicht, ihren Akzent zu verstecken, wie einige Briten es tun, wollte den Leuten nicht blöd kommen und so.«

»Und dann in der Küchenabteilung, da musste sie diesen Mixer vorführen. Es war Ananassaft, nicht? Spritzte der armen Frau die ganze Ladung übers Kleid...«

»Es war eine Überraschung, dass sie sie behielten, aber man konnte ihr eigentlich nicht böse sein, immer diese gute Laune.«

»Ein bisschen überdreht, das schon. Ein paar der Mädchen mochten sie nicht übermäßig. Hielten sie für eingebildet. Es gab Zeiten, als das Management... Aber sie konnte sich einfach keine Feinde machen, auch wenn sie es versuchte.«

»Ein oder zwei. Die Stimme und die Sachen...«

»Die wir angestellt haben.«

»O ja, die wir angestellt haben.«

Und so ging es immer weiter, beide wetteiferten förmlich ums Rederecht. Hin und wieder lachten sie in ihre Servietten und redeten vorwiegend untereinander, immer wieder mit einem schnellen Blick auf mich, um meine Reaktion einzuschätzen, vielleicht aus Angst, zu weit zu gehen. Sie wussten nicht, dass Julie meine Schwester war. Ich hatte ihnen nur gesagt, sie wäre eine entfernte Verwandte, die ich kaum kannte. Sie wollten, dass ich ihrer Familie nur das Beste von ihr überbrachte. Es lag Großzügigkeit in ihrer Übertreibung, aber auch echte Zuneigung: Es sei schon so lange her, sagten sie beide, aber es sei »wirklich großartig«, an Julie erinnert zu werden. Zumindest wollte ich das zu der Zeit glauben. Ich ermutigte sie sogar, indem ich mehr als einmal sagte, wie dankbar ich ihnen sei. Ihr Akzent änderte sich im Lauf des Abends, als würden sie sich einem distinguiert aussehenden, englischen Gentleman zuliebe besonders für »die alte Heimat« ins Zeug legen. Wieder war es diese natürliche Höflichkeit. Wahrscheinlich hatten sie ihren Töchtern beigebracht, wenn du nichts Nettes sagen kannst, dann sag lieber gar nichts.

Sie erzählten mir, dass Julie Fernkurse an der Ryerson Polytechnic belegt hatte und immer Bücher mit sich herumtrug. Sie wussten nicht so recht, was sie studiert hatte, aber sie schien von einem Kurs in den nächsten gewechselt zu haben. Es gab Bücher über Kunst und Architektur, klassische Romane, Musikgeschichte.

Bis zum Schluss führten sie diese Art Wechselgesang auf, zunehmend ängstlicher darauf bedacht, welchen Eindruck sie machten, ob sie genug oder bereits mehr als genug gesagt hatten. Mir fielen noch weitere Gesprächsfetzen ein.

»Einmal studierte sie Philosophie. Sie wollte uns in der Kantine davon erzählen, zeigte uns die Bücher mit diesen alten Gemälden und so.«

»Einmal war ich in ihrem Zimmer in Rosedale. Da waren überall Bücher.«

»Ich auch. Und eine Schreibmaschine. Hatte sie nicht auch diesen Kurs für kreatives Schreiben gemacht?«

»Sie zeigte mir einmal was. Ein wunderbarer Text. Über einen Besuch am Meer mit ihrem Bruder und ihrer Schwester, als sie noch ein Kind war.«

»Der Professor hätte gemeint, es sei vielversprechend, erzählte sie uns. Darauf war sie richtig stolz. Und auf ihre Eltern. Jetzt fällt es mir wieder ein, ihr Gesicht strahlte richtig dabei. Sie wollte mich wissen lassen, wie glücklich sie alle damals waren. Das Meer und der Sand und Steinewerfen und ein Picknick.«

»Sie redete ziemlich oft über ihren Bruder und ihre Schwester.«

Die andere Frau nickte und wandte sich mir zu. »Kannten Sie sie?« Ich schüttelte den Kopf. »Und wie stolz sie auf die beiden war! Er war ein berühmter Schriftsteller. Sie eine Expertin für Bücher oder so was. Sie meinte, sie hätte so viel, woran sie sich orientieren könne, und sie müsse lernen, nicht so dumm zu sein. Solche Sachen.«

»Sie hatte es sehr mit den Erinnerungen, unsere Julie. Wie meine Eltern. Sie redete davon, bald wieder nach

Hause zurückzukehren, als würden ihre Mutter und ihr Vater nur auf sie warten, und sie würden dann alle zusammen am Meer leben.«

Ich musste sie unbedingt noch etwas anderes fragen. »Klingt, als hätte sie ein aktives, glückliches Leben geführt. Ich nehme an, auch mit einigen Männerfreunden.«

»O nein. Wir hatten welche. Aber wir wollten ja auch heiraten, was? Julie nicht.«

»Zumindest nicht, soweit wir wussten. Sie hätte natürlich welche haben können. Man hat sich schon nach ihr umgedreht, so hübsch, wie sie war.«

Der Abend neigte sich dem Ende zu. Ich wollte noch so viel mehr von ihnen erfahren, hätte ihnen viele Abende lang zuhören können. Jetzt fällt es mir wieder ein. Als das Dessert gebracht wurde, sagte eine von ihnen: »Es war, als wäre die Welt nicht groß genug für sie.«

»Oder zu viel, das hätte es auch sein können.«

»Sie war nicht immer fröhlich. Das ist doch keiner die ganze Zeit, oder?«

»Sie hatte auch düstere Tage. Doch sie rappelte sich immer wieder hoch, nicht, mit einer ihrer kleinen Partys?«

»Wollte immer andere glücklich machen, verteilte kleine Geschenke und so.«

Gegen Ende wurden sie zögerlicher, weniger redselig, als würde nun etwas Dunkles ihre Erinnerungen durchstoßen. Als die Rechnung gebracht wurde, musste ich sie einfach fragen: »Was ist denn aus ihr geworden?«

Einen Augenblick lang herrschte Schweigen. Zum ersten Mal hatte es nun keine von beiden eilig zu antworten. Sie schüttelten den Kopf, tupften sich zum letzten Mal die Lippen, als wären sie von Natur aus zimperlich.

»Das wissen wir nicht so genau, oder?«

Die andere Frau schüttelte den Kopf, aber sie schien nicht einverstanden zu sein. Irgendetwas sollte vor mir verborgen bleiben. »Sie redete viel von der Banff School of Fine Arts«, sagte sie schließlich. »Klingt wie das Paradies auf Erden, sagte sie immer.«

»Das glaube ich nicht, meine Liebe, das glaube ich nicht. Sie hätte überall hingehen können. Sie redete von einer Arbeitserlaubnis für die Staaten. Als Kindermädchen.«

Jetzt konnten sie beide beruhigt zu ihren Erinnerungen an Julie zurückkehren, und sie kicherten kurz. »Julie als Kindermädchen. Na, das wäre was!«

Ich bezahlte die Rechnung, und sie standen auf. Ich dankte ihnen für ihre Zeit, und sie sagten, es sei ihnen ein Vergnügen gewesen. Und bis gegen Ende hatte das offensichtlich auch gestimmt. Das Reden über Julie hatte bei beiden die Lebensgeister wieder geweckt. Eine von ihnen hatte auch etwas dergleichen gesagt, dass allein schon ihr Anblick, der Klang ihres Lachens, ihnen den Tag verschönert hätte.

Und doch, und doch. Je mehr mir von diesem Abend wieder einfällt, desto stärker wird der Eindruck, dass sie eine gewisse Künstlichkeit an sich hatten – etwas Gezwungenes, ein zu starkes Bestreben, mir zu Gefallen zu sein. Die kleinen Lachsalven waren angestrengt. Da sie gute Menschen waren, wollten sie mir unbedingt das sagen, was ich ihrer Meinung nach hören und mitnehmen wollte. Wie sehr sie sich auch bemühten, es sich nicht anmerken zu lassen, sie lehnten Julie ab. Nein, noch mehr als das: Sie hatten sie nicht einmal sonderlich gemocht. Ihre Begeisterung war vorwiegend eine Maske gewesen.

Während ich dies schreibe, trifft mich die bittere Wahrheit, dass Julie das alles wusste und sich noch mehr Mühe gab, nicht nur einfach gemocht zu werden, sondern verwandte Seelen zu finden, mit denen sie eine Lebensfreude teilen oder die erbärmliche Einsamkeit dieses Lebens abwehren konnte. Und das ist herzzerreißend.

Als ich sie zu ihrem Taxi brachte, drückte mir die Frau, die Banff erwähnt hatte, den Arm. Darin lag eine unerwartete Forschheit, und im Licht der Straßenlaterne legte sich eine Traurigkeit über ihr Gesicht, die sie ziemlich veränderte. Während ich ihnen nachwinkte, erschien ihr Gesicht im Fenster, ganz weiß in diesem Licht, und sie wirkte um Jahre gealtert. Bald würde sie ihre Tochter in die weite Welt verabschieden und hoffen, dass ihrer Einzigen nichts Böses geschehen möge, dass sie sich eines Tages in einer ruhigen Vorstadt Torontos niederlassen und ganz und gar nicht wie Julie werden möge. Ich sah das alles in ihrem Gesicht, das sage ich zumindest jetzt.

Es war ein kalter Abend. Das Laub fiel von den Bäumen, und in einem dünnen Schneegestöber verschwammen die Fensterscheiben der nur halb erhellten Läden und

Büros. Die Leute eilten durch die Straßen, um nach Hause zu kommen, bevor der Schnee noch dichter fiel und die Bürgersteige rutschig wurden. Während ich auf mein Taxi wartete, stürzte eine Frau mit einem Schrei zu Boden, und einige Leute halfen ihr wieder auf die Beine und wollten nicht gehen, bis sie ganz sicher waren, dass sie sich nichts getan hatte. Eine Straßenbahn fuhr vorbei und hielt an, um weitere Fahrgäste aufzunehmen. Bevor ihre Tür sich wieder schloss, hörte ich einige Wortfetzen, Kommentare über den bevorstehenden Winter. Ein Mann lachte und blies sich in die Hände. Der Schnee wurde dichter und schluckte das Umgebungslicht, so dass die Welt in grenzenloser Dunkelheit versank. Später erfuhr ich, dass es in Toronto der heftigste Schneefall im Oktober seit fünfzig Jahren gewesen war.

An diesem Abend glaubte ich, dass meine Suche nun ein Ende gefunden hatte. Julie könnte irgendwo in dieser immensen Dunkelheit sein. Vielleicht hatte sie weiter versucht, Freude in das Leben von Menschen wie diesen beiden Frauen zu bringen. Vielleicht war sie wirklich irgendwo in den Staaten Kindermädchen geworden. Wie glücklich wären die Kinder in ihrer Obhut! Vielleicht hatte sie einen guten Mann gefunden und jetzt eigene Kinder. Aber das hätte sie uns mit Sicherheit gesagt. Eine als Mutter zur Ruhe gekommene Julie, was für einen Spaß hätten diese Kinder gehabt! Die gute Laune, die geherrscht hätte, und ihre Großherzigkeit! Die beiden Frauen hatten Julie in meiner Vorstellung wieder zum Leben erweckt, obwohl mir auch durchaus klar war, wie sehr sie sie in der ewigen Gleichheit ihres stillen, vorstädtischen Lebens durcheinandergebracht haben musste … Dann dachte ich an ihr eifriges Studieren. Vielleicht hatte sie einfach Freude daran, oder sie wollte ihre Unzulänglichkeiten ausmerzen, sich Hester und mir in gewisser Weise ein bisschen angleichen, uns stolz auf sie machen …

Andere Erinnerungen kamen wieder – wie oft sie mir gesagt hatte, was für ein albernes, nutzloses Ding sie doch sei, das nur ein hübsches Gesicht habe, und wie sehr ich mich für sie schämen müsse. Und ich träumte davon, wie wunderbar es gewesen wäre, dieses ganze Lernen mit ihr zu teilen, sie ein bisschen zu führen, so dass sie eines Tages vielleicht Lehrerin hätte werden können, und was für eine Lehrerin sie gewesen wäre! Ich lag im Bett und stellte mir all diese Julies vor, und darüber hinaus all die ungelebten Leben, von denen wir umgeben sind, Thomas Grays *Elegie* in mächtiger Schrift über die Welt gebreitet in einem Nebel aus Versagen und Enttäuschung und Ungerechtigkeit, Julie mittendrin in diesen unhimmlischen Heerscharen, bemüht, anders zu werden, als sie war, sich selbst die Freude versagend, die sie anderen so unbedingt schenken wollte.

Das waren meine Gedanken in den frühen Morgenstunden. In diesem plüschigen, wattierten, unpersönlichen Zimmer vermisste ich Julie schrecklich und vergoss ein paar Tränen für sie, da meine Reise nun ein Ende gefunden hatte. Gedanken, die bei Tagesanbruch und einem klaren, blauen Himmel wieder verflogen, als ich anfing, mir Notizen für meinen Vortrag zu machen, den ich vor diesen Graduierten halten würde – vielleicht, um ihnen etwas Hoffnung zu geben, denn all die Gründe für Verzweiflung würden sie bald genug am eigenen Leib erfahren.

Mein Telefon klingelte, als ich eben nach unten zum Frühstück gehen wollte. Es war eine der Frauen vom vergangenen Abend. Sie entschuldigte sich für die Störung, wollte sich aber für das schöne Abendessen bedanken. Es sei wirklich etwas Besonderes gewesen, da sie kaum in Restaurants gingen, vor allem nicht in so feine französische. Dann sagte sie: »Mir ist noch etwas anderes eingefallen. Wie gesagt, sie redete von der School of Fine Arts in Banff, das Banff Centre, wie es jetzt heißt. Sie ging wirklich dorthin. Ungefähr einen Monat nach ihrer Abreise schickte sie mir eine reizende Postkarte aus den Rockies. Ich dachte mir einfach, dass Sie sie vielleicht gern sehen wollen. Natürlich meine ich, dass Sie sie haben können. Meiner Tochter sage ich immer, sie soll keine Erinnerungsstücke wergwerfen, weil, wissen Sie, man weiß ja nie, wo die Erinnerung doch so unzuverlässig ist.«

Sie verhaspelte sich in ihren Sätzen und schien mir noch mehr zu sagen zu haben. Ich dankte ihr und sagte, ich würde die Karte sehr gerne sehen, und sie versprach, sie auf dem Weg zu dem Versicherungsbüro, in dem sie arbeitete und das fast nebenan lag, im Hotel vorbeizubringen. Ich habe sie jetzt vor mir.

Meine Lieben Megs, Ihr könnt sehen, dass es hier wirklich schön ist. Ich werde für immer hier bleiben. Vermisse Euch sehr. Die von der Schule sagen, ich kann einen Job in der Küche haben. Alles, nur um hier sein zu können mit all der Kunst und der Musik, die hier abläuft. FALLS ES NICHT ZU VIEL MÜHE MACHT, könntet Ihr die Kaution für mein Zimmer vielleicht an die oben angegebene Adresse schicken? Viele Grüße an alle. Und VIELEN DANK! Von Eurer alten Freundin und Arbeitskollegin, Julie.

An diesem Abend rief sie noch einmal an, um sich zu versichern, dass ich die Karte auch erhalten hatte. Und es war ihr wichtig, mir zu sagen, dass sie Julies Kaution abgeholt und ihr geschickt hatte. Ich fragte sie, so beiläufig wie möglich, ob dies das Letzte sei, was sie von ihr gehört hatte. Wieder dieses Schweigen.

»Ich weiß nicht so recht, Mr. Bridgewell, was ich Ihnen sagen soll. Ich würde es mir nie verzeihen. Sie geriet in Schwierigkeiten. Es stand in den Zeitungen. Habe es zufällig gesehen. Ist schon lange her, aber es könnte ja sein, dass sie noch immer froh ist um jede Hilfe. Das habe ich mich zumindest gefragt. Und mein Priester hat es mir auch geraten. Es tut mir so leid.«

»Was für eine Art von Schwierigkeiten?«

»Darüber will ich nichts sagen, weil es keine Details gab. Ich nehme an, Sie wollen dorthin fahren. Mehr will ich nicht sagen, weil es mich ja auch nichts angeht. Wie auch immer, ich dachte mir, es ist nur recht und billig,

Ihnen das zu sagen. Aber na ja, noch einmal vielen Dank für das Abendessen… Was wir über Julie gesagt haben, stimmt, jedes Wort, sie war ein strahlender Leuchtturm in unserem Leben. Er leuchtete sehr hell. Sie war nicht wie wir. Nicht alle dachten genauso, aber es gab viele, die sie mochten.«

Wieder dankte ich ihr, war mir aber jetzt ganz sicher, dass sie log. Vielleicht schämte sie sich, dass sie Julie nicht so sehr gemocht hatte, wie sie vorgab. Ich sagte, ich hoffe, ihre Töchter würden ihre Reise nach England im Frühjahr genießen. »Sie müssen Ihnen unbedingt eine Postkarte schicken«, fügte ich hinzu.

»Wir haben ihnen schon gesagt, eine jeden Tag, sonst…!«

So kam es, dass ich nach dem Seminar in einen Zug nach Banff stieg. Geschneit hatte es nicht mehr, aber hier und dort auf den Feldern und zwischen den Felsen auf den Hügeln lagen weiße Flecken. Es war eine lange Reise, und ich kam mit meinem Lektürepensum gut voran: Lawrence James' *Aufstieg und Fall des Britischen Reiches*, *The Ends of Life* von Keith Thomas, *What's the Right Thing to Do* von Michael Sandel. Außerdem las ich einen sehr schönen Roman, den Hester mir empfohlen hatte: *Haus ohne Halt* von Marilynne Robinson.

Doch trotz all dieser Gesellschaft auf meiner Fahrt durch die kanadischen Weiten und Weizenfelder sah ich im lehmweißen Himmel und den sich auftürmenden Wolken immer nur Julies Gesicht – diese endlosen Felder und diese Leere hatte sie wohl auch gesehen, als sie nach Westen an einen Ort reiste, den sie für das Paradies hielt. Und ich wartete auf die hereinbrechende Dunkelheit, denn dann würde ich im Fenster nur noch mein eigenes Spiegelbild sehen. Ich dachte an Julie, stellte mir vor, wie sie sich selbst anstarrte, und fragte mich, was sie da wohl gesehen hatte. Oder hatte sie sich abgewandt, um sich nicht selbst in die Augen schauen zu müssen?

VII

Und so erreichte ich Julies Paradies – diese Welt der großen, grauen, zerklüfteten Berge, die jetzt nach den ersten Schneefällen frisch weiß betupft waren. Später sollte ich dann auch noch einige der funkelnden Seen sehen, die ihnen zu Füßen lagen und am grünen Rand der Bäume um das Vorgebirge leckten. Ich konnte mir die Befreiung gut vorstellen, die sie nach dem Stadtleben empfunden hatte – die großartige Rohheit der Dinge, wie es gewesen sein musste, als die Erde sich vor Milliarden von Jahren ins Leben hievte. Vielleicht hatte sie es gespürt, das Gefühl der Freiheit, als die Welt begann, Freiheit, als hätte sie all das vergangene Elend und die Kleinheit und das Versagen für immer verbannt.

Ich fand ein Hotel am Fuß der Straße, die zum Banff Centre führte. Der Sommer war vorüber, und der Winter hatte noch nicht recht begonnen, es herrschte deshalb eine gewisse Leere in der Stadt. Doch man konnte sich leicht vorstellen, dass es hier vor Besuchern wimmelte und wie sie die Attraktionen in den Broschüren des National Park eine nach der anderen abhakten. Nur die Luft zu atmen, die jetzt scharf war von der Kälte des Winters, war eine Art von Befreiung. Die Welt des »sektiererischen Streitens«, die ich in London zurückgelassen hatte, schien in dieser nackten, urzeitlichen Erhabenheit ein ganzes Universum entfernt. Ich dachte an die ruhige Nachdenklichkeit meiner kanadischen Kollegen und fragte mich, inwieweit ihre Art von Unschuld – dieses Fehlen von Engstirnigkeit – hierin ihren Ursprung hatte.

Meine Heiterkeit begann zu verschwinden, als ich zum Banff Centre hochging, denn ich wusste, dass meine Suche nach Julie hier ein unglückliches Ende finden könnte. Was würde ich Hester bald sagen müssen, und auch Sheila, die sie beide geliebt hatten, ganz zu schweigen von jenen, für die Julies Schicksal ganz einfach prickelndes Klatschfutter wäre? (»Der alte Bridgewell mit seiner hehren Moral. Hätte keinem besseren Mann passieren können.«) Aus ihrer schroffen Pracht heraus verkündeten die Berge nun ihre Gleichgültigkeit. Und sie erinnerten mich daran, was Hester einmal gesagt hatte, nämlich dass wir als Flüchtlinge aus dem Vergessen nur kurz in diese traurige, grausame und gelegentlich wunderschöne Welt gekommen sind.

Im Centre selbst waren nur wenige Menschen. Bei all der funktionalen Planmäßigkeit seiner Wohnhäuser, Galerien, Studios, Veranstaltungssäle und Ausstellungsräume konnte man geradezu vor sich sehen, wie die Menschen, jung und alt, hier kamen und gingen und ihre Wahrheiten des Sehens und Hörens und Denkens in der Gemeinschaft mit anderen entdeckten – die Früchte der Zivilisation in einer Umgebung aus der Zeit, lange bevor die Zivilisation begann. Julie war hier gewesen, hatte für immer hier bleiben wollen.

Ich ging in den Verwaltungstrakt und fragte, ob sie Personalunterlagen hätten, die etwa zwanzig Jahre zurückreichten. Die Frau am Empfang rief eine Vorgesetzte, die annahm, ich wollte mich über ehemalige Lehrer oder frühere Studenten erkundigen. Sie schüttelte den Kopf, als ich ihr erklärte, dass die Person, für die ich mich interessierte, eher im hauswirtschaftlichen Bereich, vielleicht in den Küchen gearbeitet habe. Als ich Julies Namen nannte, gab es eine nachdenkliche Pause, dann ein kurzes Zusammenzucken, als würde sie sich an etwas erinnern. Oder hatte ich mir das nur eingebildet? Sie entschuldigte sich und machte sich dann schnell daran, mir von geplanten Programmen zu erzählen, die mich vielleicht interessieren könnten. Ich hatte erklärt, ich sei ein Akademiker auf Besuch aus London, der sich persönlich das Centre ansehen wolle, vom dem er schon so viel gehört habe, also konnte ich kaum noch einmal auf meine Nachforschungen nach früherem hauswirtschaftlichem Personal zurückkommen.

Sie bat eine Assistentin, mich herumzuführen, was sie auch stolz tat, da sie früher Studentin in einer der Musikkurse gewesen war. Meine Gedanken waren woanders. Jetzt hatte ich nur noch die Adresse auf der Karte, die die Frau in Toronto mir gegeben hatte, und die lag, wie sich zeigte, nur etwa eine halbe Meile von der Straße zum Centre entfernt.

Das Haus war nicht recht viel mehr als eine Hütte mit frisch lackierter Holzverkleidung, grünen Läden und einer Brettertreppe, die zur Haustür hochführte. Es gab keine Klingel, und der Klopfer in Form eines Elchkopfes war verrostet und gab kaum ein Geräusch von sich. Lange Zeit reagierte niemand, und ich wollte schon wieder gehen, als die Tür sich öffnete und eine alte Frau mich verärgert anschaute, als hätte ich sie bei irgendetwas gestört.

»Ich hatte den Heizungsmann erwartet, aber Sie sehen nicht aus wie einer. Trotzdem. Heutzutage… Sie sind nicht doch zufällig einer?«

»Bitte verzeihen Sie mir…«, setzte ich an.

»Dass Sie kein qualifizierter Heizungstechniker sind?« Ich war die Treppe wieder hinuntergegangen, und sie schien kein weiteres Interesse an mir zu haben. Ihre Stirn war immer noch gerunzelt. »Und um was geht's dann? Sie müssen ein bisschen lauter sprechen. Entschuldigung, das war unhöflich.«

Wieder entschuldigte ich mich. »Ich fürchte, die Sache ist ziemlich unwahrscheinlich. Ich komme aus England – ein Akademiker auf Besuch – und habe einem Freund angeboten, nach Spuren einer lange verlorenen Verwandten zu suchen. Das ist die einzige Adresse, die er hatte. Ich fürchte, das ist schon sehr lange her. Es ist wirklich nur ein Schuss ins Blaue, und es tut mir sehr leid.«

»Und wie ist der Name dieser lange verlorenen Verwandten?«

»Julie Bridgewell.«

Sie nickte, als wäre ich doch der Heizungsmann. »Kommen Sie mal besser rein«, sagte sie. »Stehen da draußen in der Kälte. Mit zu wenig an, wenn ich das sagen darf. Wie's die Engländer eben machen. Oder sie haben zu viel an. Dinnerjackets am Äquator.«

Sie zog ihr Gehgestell zurück, um mir Platz zu machen, und ich hätte mir beinahe den Kopf am Klopfer angeschlagen.

»Grässliches Ding. Abgeschnittene Tierköpfe zum Einlassbegehren habe ich noch nie gemocht. Eine Schülerin hat ihn mir geschenkt, und man weiß ja nie, vielleicht kommt sie mich eines Tages besuchen. Was ist mit dem Klopfer passiert, Mrs. Hayes? Solche Sachen vergessen die nicht. Ein nettes Mädchen, aber so ist es eben.«

Sie ächzte, als sie sich ins Haus bewegte. An ihren Gelenken konnte man sehen, dass sie stark an Arthritis litt. Sie bedeutete mir mit einer vagen Geste, dass ich mich irgendwo hinsetzen sollte. Es war ein sehr großes Zimmer, fast so groß wie das ganze Haus. Die Türen zum Schlafzimmer und zur Küche standen offen und zeigten die Bäume, die auf der anderen Seite dicht am Haus wuchsen. Es gab zwei abgenutzte, dunkelrote Lehnsessel mit gerader Lehne und ein Sofa mit Decken und gewebten Kissen. Ein Holzfeuer im Kamin war schon fast ausgegangen.

»Was Sie als Erstes tun könnten, wenn Sie nichts dagegen haben, legen Sie doch ein paar Scheite ins Feuer. Sie sehen ja, warum ich will, dass ein Mann sich meine Heizung anschaut, bevor der Winter kommt. Ich zünde es gleich in der Früh an, und dann, na ja, lege ich nicht so oft nach, wie ich möchte. Ich habe sehr angenehme Nachbarn, die sich um so was kümmern und mir auch mal einen Eintopf bringen. Nachbarn sind alles.«

Sie ließ sich mühsam in einem der Sessel nieder. Die Läden waren halb geschlossen, und das Zimmer wurde nur von einer trüben Tischlampe erhellt, so dass ich erst jetzt die Bücher sah, die in Regalen vom Boden bis zur Decke reichten, und die gerahmten Schwarzweißfotografien in den Zwischenräumen. Ich legte ein paar Scheite aufs Feuer, schürte es ein wenig und setzte mich in den anderen Sessel. Sie starrte ins Feuer, und es sah nicht so aus, als hätte sie vor, irgendetwas zu sagen. Sie schaute mich nicht einmal an. Es war, als hätten ihre Erinnerungen mich völlig aus ihren Gedanken verdrängt. So zurückgelehnt sitzend, das Gesicht dem Feuer zugewandt, sah sie aus, als wären die Jahre von ihr genommen und die Falten geglättet, und ihre Augen kämpften gegen das Vergessen an.

»Leben Sie schon lange hier?«, fragte ich, um das Schweigen zu durchbrechen.

»Ziemlich genau so lange, wie ich zurückdenken will. Dieses Zimmer, wissen Sie, war früher ein Klassenzimmer. Daher die Fotos. Und auch der Klopfer.«

Wieder wartete ich. Ihre Hände hatten gezittert, aber jetzt wirkte sie sehr entspannt, als hätte die Erinnerung an ihre Schüler sie beruhigt. Ihre Augenlider senkten sich, und ich hatte schon Angst, sie würde einschlafen. Dann setzte sie sich aufrecht hin und starrte mich ziemlich grimmig an.

»Haben Sie Hunger?« Ich schüttelte den Kopf. »Meine hervorragenden Nachbarn haben mir Sandwiches gemacht, Schinken und Käse. Wenn Sie wollen …« Wieder schüttelte ich den Kopf. »Wenn Sie lange genug bleiben, verliere ich meinen kanadischen Akzent komplett und kehre zurück ins schnieke Shropshire oder was immer das war.«

»Kann ich Ihnen ein Sandwich holen?«, fragte ich nach einer weiteren Pause.

»Nein, aber da drüben steht ein Fläschchen mit Pillen.« Sie deutete mit gekrümmtem Finger darauf. »Wenn Sie mir die bringen und ein Glas Wasser.« Während ich beides holte, sagte sie: »Mit den gekrümmten Fingern sehe ich erst recht aus wie eine Hexe.«

Nachdem sie die Pillen geschluckt hatte, sagte sie: »Die werden immer besser. Die Schmerzmittel. Die Mittel gegen den körperlichen Schmerz, meine ich. Ich habe einen einigermaßen vernünftigen Arzt. Sehr hilfsbereit. Und sehr modern. ›Neueste Forschungsergebnisse‹, sagt er immer wieder.«

Mir fiel nichts mehr ein. Wieder starrte sie mich an, offenbar als würde sie sich überlegen, ob sie mir vertrauen könne. Also schloss ich an das an, was sie eben über Shropshire gesagt hatte, und fragte, wann sie nach Kanada gekommen sei.

»Als Teenager, kurz vor dem Krieg. Vater war Arzt. Das große sozialistische Experiment in Saskatchewan und das alles. Ein guter Mann. Na ja, das waren sie alle mit ihren loyalen Frauen.« Sie starrte mich weiter an, wie um sich zu versichern, dass ich auch alles verstand. Dann runzelte sie wieder die Stirn, als wäre sie über einen Fehler gestolpert. »Warum hier? Hatte einen Ferienjob als Zimmermädchen in diesem Monstrum am anderen Ende der Stadt und lernte einen englischen Bergsteiger kennen. Auch aus Shropshire, aber nicht so schnieke. Und das war's dann. Es gibt nur wenige von diesen Gipfeln, auf die wir nicht geklettert sind. Glücklich sein ist möglich, egal was die Leute sagen. Im Hier und Jetzt, wenn man das Morgen vergisst, wenn Sie wissen, was ich meine. Das drohende Leid. Er bekam einen Job im National Park. Ich gründete meine kleine Schule. O Gott, was sind wir geklettert!«

Sie schaute wieder zum Feuer und seufzte tief. Sie schien nicht mehr zu sagen zu haben, ein Leben, zusammengefasst in wenigen Worten, ein Album, geschlossen mit einem Seufzen. Ich legte noch ein Scheit ins Feuer. »Und was ist mit Ihnen?«, fragte sie, als würde sie sich selbst aus einem törichten Traum reißen.

Ich erzählte ihr, dass ich »wegen meiner Sünden« mit Politik zu tun hätte, und sie nickte ohne Interesse. Erst jetzt wurde mir bewusst, dass ich ihr meinen Namen gar nicht genannt hatte. Ich fuhr damit fort, dass ich nie geheiratet hätte. Wieder fragte sie nicht nach, und so musste erneut ein Schweigen gefüllt werden. Dann fügte ich törichterweise hinzu: »Und auch keine Berge bestiegen, fürchte ich.«

Sie schaute mich an. Ich war mir nicht sicher, aber in ihren Mundwinkeln glaubte ich ein spöttisches Lächeln zu erkennen.

»Bitte verzeihen Sie mir«, sagte sie. Nun lag eine neue Höflichkeit in ihrer Stimme, wie die erste Begrüßung eines unerwarteten Gastes. »Das ist für mich nicht die beste Tageszeit. Ich frage mich, wäre es Ihnen vielleicht recht, am Abend noch einmal vorbeizuschauen? Sie haben nach Julie gefragt, und ich muss meine Gedanken sammeln. Würde fünf Ihnen passen? Ich glaube, ich habe noch irgendwo etwas Sherry, und mein guter Nachbar hat mir gestern Erdnüsse gebracht, als würde ich Gäste erwarten. Was sagt man dazu!«

Sie breitete die Arme aus, als ich aufstand und ihr dankte. Dann drohte sie mir mit dem Finger wie einem schwierigen Schüler.

»Wenn Sie nur ein Freund wären, der zufällig hier ist und sich über jemanden erkundigen will, den er nicht kennt, dann könnten Sie kaum erwarten, dass man Ihnen viel sagt, nicht? Man hätte dann ja keine Ahnung, wo die Grenzen der Diskretion sind, nicht? Einem Fremden könnte ich ganz knapp sagen: eine nette junge Frau, die ich vor langer Zeit kannte. Keine Ahnung, was aus ihr geworden ist. Die Leute ziehen fort. Wie alle meine Schüler. Ich habe keine Ahnung, was aus ihnen geworden ist. Den meisten. Nein, dann würde ich Ihre Zeit nicht beanspruchen, würde mich nicht fragen, was ein vermutlich ziemlich berühmter Akademiker Ende Oktober in Banff tut.«

Ich stand neben ihr und knöpfte mir den Mantel zu. Sie hatte hastig gesprochen, fast anklagend, aber das Grinsen war nicht aus den Mundwinkeln gewichen. Ich wusste beinahe, was sie als Nächstes sagen würde.

»Das mag jetzt anmaßend von mir sein, vielleicht sogar überheblich, aber in meinem Alter... Sie sind Julies Bruder, nicht, der berühmte Schriftsteller?«

Ich sagte einfach ja, der sei ich. Sie streckte die Hand nach mir aus und hielt mein Handgelenk lange fest umfasst. Sie spähte in mein Gesicht hoch, als wollte sie sich ein für alle Mal der Ähnlichkeit versichern. Wer ich war, hatte sie vom ersten Augenblick an gewusst.

»Dann sehen wir uns heute Abend. Ich habe immer gewusst, dass eines Tages jemand kommen und sich nach ihr erkundigen würde. Sie wollte vom Angesicht der Erde verschwinden. Aber Familien erlauben so etwas normalerweise nicht. Ich hatte schon Angst, dass es zu lange dauert.« Sie bewegte sich in ihrem Sessel, ließ mein Handgelenk los und zuckte dabei vor Schmerz zusammen. »Ich sehe die Ähnlichkeit. Ich weiß auch nicht. Eine Unschlüssigkeit... Vielleicht nicht. Irgendwas.«

An diesem Abend kehrte ich mit einer Flasche Sherry zurück, und sie wirkte insgesamt wacher. Sie war ohne ihr Gehgestell zur Tür gekommen, stützte sich nur auf zwei dicke Spazierstöcke.

»Sehr umsichtig von Ihnen«, sagte sie sofort. »Wirklich sehr umsichtig. Es war kein Sherry mehr da. Sie gießen ein. Die Nüsse sind irgendwo. Habe sie in eine Untertasse gegeben. Mein Mann, wissen Sie, der hatte es nicht so mit Sherry. Fand ihn fade. Ein Schlückchen Whisky am Ende des Tages. Ein ziemlich großes Schlückchen, wenn ich hinzufügen darf. Nach unseren Klettertouren kam der

Flachmann heraus. Na ja, wenn man zum ersten Mal auf den Lake Peyto hinunterschaut, da traut man seinen Augen kaum, so schön ist das …«

Ich gab ihr ein Glas Sherry, holte die Erdnüsse und stellte sie neben sie. Dann setzte ich mich und sagte: »Ein paar von diesen Orten in der Broschüre würde ich schon gern sehen.«

Sie saß so, dass ihr Blick leicht zwischen mir und dem Feuer, in dem frische Scheite loderten, hin und her wandern konnte. In den nächsten Stunden legte ich, wann immer eine Pause überbrückt werden musste, immer mal wieder ein neues Scheit auf.

»Julie hat es getan. Manchmal fuhren wir zusammen herum. Ich zeigte ihr all diese Orte: Moraine, Louise, Vermillion, die Flüsse Bow und Spray und Peyto, vor allem den Peyto. Zwei- oder dreimal flehte sie mich an, dorthin zu fahren. Ich wollte es, sehnte mich danach, aber dann wollte ich es auch wieder nicht, weil es mich an das erste Mal mit meinem Mann erinnerte. An diesem Tag weinten wir beide ein wenig. Wahrscheinlich ziemlich lachhaft. Julie sah, was es mir bedeutete, und weinte auch. Aber sie wollte trotzdem wieder hin. Beim nächsten Mal meinte sie, wenn ich unbedingt wollte, könnte ich ja am Fuß des Hügels im Auto sitzen bleiben. Sie lachte, als sie das sagte. Ein Witz über Trauer? Gefühllos? Nein. Sie trauerte ja selber um so viel. Um mir etwas beizubringen? Ich weiß es nicht. Erinnerungen seien etwas, das man genießen sollte. Was könne es je Besseres geben, als mit meinem geliebten Mann dort gestanden zu sein? Das sagte sie mit diesem für sie so typischen Lachen, als wäre das Leben selbst ein Witz. Wie auch immer, wo war ich?«

Im ersten Augenblick war ich überwältigt von der Art, wie sie mit mir sprach. Aus der scharfen Barschheit ihrer Stimme war fast ein vertrauliches Flüstern geworden. »Sie und Julie haben diese Sehenswürdigkeiten zusammen gesehen. Wie haben Sie sie kennengelernt?«, fragte ich.

»Wie's damals üblich war, hängte ich in der Schule einen Zettel aus, auf dem ich Unterkunft gegen Mithilfe anbot, obwohl ich die damals kaum nötig hatte. Die Studenten zogen natürlich die Gästezimmer vor, bis auf ein paar. Für die Lehrkräfte gab es sehr gute Unterkünfte. Dann kam eines Tages Julie.« Sie deutete in eine Ecke des Zimmers. »Kaum mehr als ein Kämmerchen. Mein Schreibwarenlager für die Schule. Sie benutzte es nur gelegentlich, einmal die Woche vielleicht. Ich kann mich noch gut an den Tag erinnern …«

Sie schaute sich im Zimmer um, als wäre sie überrascht, dass die Bücher noch immer da waren. Ich folgte ihrem Blick.

»Jetzt haben Sie einen Augenblick lang genau so geschaut wie sie damals. Als sie an diesem Tag kam, rief sie aus: ›Man schau sich nur all diese Bücher an!‹ Ich sehe ihr Gesicht noch deutlich vor mir, der offene Mund, das Zurückwerfen dieser langen, goldenen Haare, die hin und her huschenden Augen … Und der Klang dieser Stimme, ein Plätschern und Perlen wie ein Bergbach … Ach, was war das für ein Eifer in ihr! Und Freude. Als wäre sie jedes Mal gerade aufgewacht, und alles wäre schon da. Die ganze Welt. Bücher. Lake Peyto. Und Musik …«

»Ich wusste gar nicht, dass sie sich für Musik interessierte.«

Etwas Lahmeres hätte ich kaum sagen können. Meine Stimme hatte so spröde und sachlich geklungen. Das war der Klang meiner Prosa, hieß es. Wenn ich versuchte, ein wenig leichter zu klingen, wirkte das höchstens witzelnd. Manchmal hörte ich die Stimme meines Vaters, als ich mich auf mein Biggles-Buch oder was auch immer konzentriert hatte. Was hatte er gesagt? »Und nicht einen Funken Humor im Leib.« Wie anders er doch ist als Julie, muss sie sich in diesem Augenblick gedacht haben.

»Na ja, früher vielleicht nicht. Aber sie hörte sie im Centre. Die ganze Zeit liefen da irgendwelche Workshops. Es gab einen Wettbewerb für Streichquartette. Eines Nachmittags kam sie, und zur Abwechslung fehlten ihr einmal die Worte. Zu der Zeit hatte ich ein altes Grammophon mit Langspielplatten, und ich hatte auch einiges von der Musik, die sie gehört hatte. Beethoven-Quartette, *Der Tod und das Mädchen* und ein paar andere. Sie saß einfach da und lauschte. Musik, das war im Grunde genommen das Einzige, bei dem sie stillsitzen konnte. Es gab auch Pianisten. Ich konnte mir sehr gut vorstellen, wie sie in den Pausen oder nach Schichtende herumschlenderte und einfach zuhörte. Es gab auch Tränen, aber na ja, das schafft die Musik eben …«

Sie schaute mich an, weil sie meine Zustimmung hören wollte.

»Ich fürchte, ich hatte es nie so sehr mit der Musik. Natürlich gibt es Dinge, die man gerne mag …«

Sie machte meine Antwort nicht so lächerlich, wie sie war. »Na ja, man kann sie sich eben nicht ganz vom Hals halten, nicht? Wie auch immer. Ich habe jetzt CDs, aber meinen Plattenspieler und meine LPs habe ich behalten. Wenn ich die spiele, muss ich an sie denken. Aber, meine Güte, diese Begeisterung!«

Sie schien jetzt müde, ihre Stimme wurde dünn und undeutlich. Es klopfte an der Tür, und ein freundlicher, älterer Herr in Latzhose kam mit einer Kasserolle in den Händen herein. Er warf mir nur einen flüchtigen Blick zu, als er in die Küche ging.

»Zu Abwechslung mal kein Gemüseeintopf, sondern geschmortes Rindfleisch«, sagte er beinahe flüsternd. »Wir kommen später noch mal und wärmen es ein bisschen auf, hm? Entschuldigung für die Störung.«

Mit freundlichstem Grinsen schaute er jetzt auf mich herab, es freute ihn offensichtlich sehr, dass sie Gesellschaft hatte.

»Das ist Mr. Bridgewell, Denis. Julie Bridgewells Bruder. Du kannst dich doch noch an Julie erinnern, nicht?«

»Sehr erfreut«, sagte er und streckte mir die Hand entgegen. Ich stand auf. »Große Ähnlichkeit mit unserer Julie sehe ich nicht, um ehrlich zu sein. Was ist denn passiert …?«

Er schaute sie kurz an und wusste sofort, das war keine Frage, die er hätte stellen dürfen. Dann wiederholte er, dass er später wiederkommen werde, und eilte davon.

Es war jetzt eindeutig, dass sie müde war. Sie schluckte ein paar Pillen und fragte, ob ich mir noch die Zeit nehmen könne, am nächsten Vormittag wiederzukommen. Ich wollte ihr danken, wusste aber nicht so recht, wofür.

»Sie haben Julie offensichtlich sehr glücklich gemacht. Ich bin Ihnen dankbar.« Dann fing ich an zu stottern. »Ich ... wir ...«

»Heute Abend werde ich nichts mehr sagen. Aber Sie wurden geliebt, wissen Sie, Sie und Ihre Schwester. Sie sehnte sich nach Ihnen, wollte mit Ihnen zusammen irgendwo am Meer leben. Ihre Eltern, ich weiß nicht recht, ich war mir nie so ganz sicher, ob sie noch am Leben waren ...«

Ich murmelte, dass sie gestorben waren, lange bevor Julie nach Kanada ging. Ihre Lider schlossen sich, und ich wusste nicht, ob sie mich überhaupt gehört hatte. Also dankte ich ihr noch einmal und ging. An der Tür schaute ich mich um. Ihr Kopf war zur Seite gesunken, und sie schlief.

Als ich in der Abenddämmerung den Hügel wieder hinunterging, türmten sich Wolken über den Bergspitzen, und der Himmel war weiß geworden. Die Frau im Hotel hatte am Morgen gesagt, dass wieder Schnee erwartet werde und ich mich warm einpacken solle. Die Berge hatten ihre Pracht verloren und waren zu einer gigantischen und arroganten Hässlichkeit der Natur geworden. Hat auch Julie sie manchmal so gesehen, ihre schroffe, verächtliche Gleichgültigkeit, drohend aufragend über dem armseligen, flüchtigen menschlichen Leben, das zu ihren Füßen wuselte? In der hereinbrechenden Dunkelheit rutschte ich aus und wäre beinahe gestürzt, und ich streckte die Hand aus, als würde ich Julie neben mir erwarten, Julies Hand, die meine packte, wie sie es einmal getan hatte, als wir zum Strand hinunterliefen, um Steine ins Meer zu werfen, und sie dabei beinah selbst gestürzt wäre, weil sie zurückschaute zu unseren Eltern, die oben standen, einen Verlobungsring aufblitzen sah und sich verzweifelt wünschte, dass sie glücklich wären.

Als ich am nächsten Vormittag zurückkehrte, rief sie nach draußen, ich solle die Tür öffnen und einfach hereinkommen, und sagte dann, oder genauer, befahl es mir, ich solle für uns beide Kaffee kochen. Ihre Barschheit überraschte mich, und ich konnte mir gut vorstellen, wie streng sie als Lehrerin gewesen war. Das Feuer brannte bereits, und sie bat mich, noch ein Scheit aufzulegen.

»Das machen meine Nachbarn auch. Kommen jeden Morgen und fegen den Kamin und legen frisches Holz auf, so dass ich nur noch ein Streichholz anzünden muss.« Sie wartete, bis ich mich gesetzt hatte. »Gut«, sagte sie und klatschte sich auf die Knie. »Haben Sie gut geschlafen? Man schläft gut in dieser klaren Höhenluft. Zumindest früher. Und jetzt wieder.«

Sie schien darauf zu warten, dass ich anfing, beobachtete, wie ich meinen ersten Schluck Kaffee trank, als wollte sie studieren, wie ich es machte, ein Besucher aus einer anderen Zivilisation.

»Julie. Sie besuchte Sie. Schlief ab und zu hier, haben Sie gesagt, glaube ich.«

»Ja, und zündete das Feuer an, hackte ein paar Scheite.

An ihren freien Abenden machte sie bei mir Großputz. Das machte sie sehr gerne, sagte sie wenigstens. Eine Abwechslung vom Putzen im Wohnheim.«

»Sie war Zimmermädchen?«

»Entweder das oder in der Küche. Sie kochte auch für mich, brachte mir alle möglichen Leckerbissen: Schokolade, Spargel, Schottischen Früchtekuchen, alles Mögliche, einmal sogar einen Hummer. Meine Nachbarn waren ein bisschen verstimmt, aber sie mochten sie sehr gerne, wie Sie vielleicht schon bemerkt haben. Sie brachte auch ihnen Sachen. Auch sie bekamen einen Hummer, wenn ich mich richtig erinnere. Sie brachte mir nie etwas, ohne auch an sie zu denken. Sie sagte es nicht, dachte es vielleicht nicht einmal, aber vielleicht betrachtete sie es als Gegenleistung für das, was sie für mich taten.«

»Sie wäre sicher eine gute Hausfrau geworden«, sagte ich.

Das war eine dumme Bemerkung, und ihr Stirnrunzeln war ein Tadel. »Wie können Sie so sicher sein, dass sie keine geworden ist?«

Ich schüttelte den Kopf und nickte dann. »Natürlich«, sagte ich. »Ich wollte nur …«

»Ja. Es war nicht nur an ihren freien Tagen. Manchmal kam sie auch am Abend noch vorbei. Sie wusste, dass ich immer da war. Und auf sie wartete. Was ich in gewisser Weise auch tat. Wir hörten Musik, aber oft wollte sie mir auch einfach nur etwas vorlesen. Ich suchte immer das Buch aus. Aber eigentlich war es unwichtig. Ziemlich oft war es Kunstgeschichte. Über den einen oder anderen Maler lesen, sich die Reproduktionen anschauen.«

Sie deutete auf die Bücherregale. Wieder entstand ein Schweigen, und ich glaubte, sie erwartete von mir, dass ich es füllte.

»Sie belegte einige Kurse im Ryerson College in Toronto. Wusste aber nicht so recht, wofür sie sich entscheiden sollte, hat man mir zumindest gesagt.«

»Eigentlich war es auch ziemlich egal. Ich meine das nicht böse. Wenn ich Poesie erwähnte, wollte sie sofort wissen, wer meine Lieblingsdichter sind, dann suchte sie die Bücher heraus und las sie mir vor. Tennyson, soweit ich mich erinnere, einmal sogar Dylan Thomas, ausgerechnet *Fern Hill*. Sie sagte, sie verstehe es überhaupt nicht. So richtig habe ich es ja auch selbst nicht verstanden. Aber wenn sie es las, merkte man davon nichts. Sie ließ sich richtig mitreißen. In dieser Bildlichkeit, dieser Überfülle kann man sich schier vergessen.«

»Wie lange dauerte das? Wie lange kannten Sie sie?«

»Fünf, sechs Monate, so in der Richtung.«

Sie wartete auf die nächste Frage, aber ich hatte keine. Julie war in ihrer Erinnerung noch sehr lebendig. Sie war nachdenklich geworden und starrte ins Feuer, die Augen wässerig im flackernden Schein der Flammen. Und auch für mich war Julie präsent, als würde die Erinnerung die Luft füllen, die ich atmete. Ich hörte ihre Stimme, hörte, wie sie die Verse zu schnell sprach. Ich sah ihre Augen, die über die Bücherregale wanderten. Ich sah sie eine Schallplatte umdrehen. Aber vor allem hörte ich diese

Stimme. Ich wollte den Arm um sie legen, meine liebe, kleine Schwester auf der Jagd nach einer Zivilisation, deren Niedergang ich so oft beklagte. Wie lange noch, fragte ich mich immer öfter, bis sie mir sagte, wie alles endete? Mied sie dieses Thema? Warum ließ sie mich warten?

»Ich glaube fast«, sagte ich, »dass sie ein bisschen zu schnell gelesen hat.«

Sie lachte. Das hatte sie bis jetzt noch nie getan, Freude mit mehr als nur einem dünnen Lächeln zu zeigen. Es war das kichernde, fast verlegene Gegacker, wie es ein pubertierendes Mädchen von sich geben könnte.

»Ach du meine Güte, ja. Ich musste ihr sagen, dass sie langsamer machen soll. Machte sie auch, aber dann ging es wieder mit ihr durch. Und diese kratzenden Geräusche, wenn sie Platten auflegte oder eine Passage noch einmal hören wollte. Das Largo des Bachschen Doppelkonzerts für zwei Violinen ist seitdem nicht mehr dasselbe.«

Jetzt ging es auch mit ihr durch, sie sprach zu schnell, als würden die Erinnerungen ihr davonlaufen. Jetzt hatte sie wirklich Tränen in den Augen. Sie tupfte sie mit dem Ärmel weg und schniefte dann, um sich zusammenzunehmen.

»Das geht überhaupt nicht, was? Ich schätze, ich habe sie eher wie eine meiner Schülerinnen behandelt. Sie sagte, ich solle nicht so herrisch sein, wenn ich versuchte, sie zu bremsen. Aber wissen Sie… Da ist etwas, was ich Ihnen sagen muss, wenn Sie mir ein bisschen Zeit geben. Mehr Kaffee, warum nicht? Noch ein Scheit ins Feuer.«

Als ich mich wieder aufs Sofa gesetzt hatte, drehte sie

sich zu mir um, schien es sich aber dann anders zu überlegen und schaute wieder ins Feuer.

Ihre Stimme wurde ruhig und meditativ, fast unpersönlich. »Julie legte immer ein Scheit zu viel auf…«, setzte sie an. Wieder musste ich warten, jetzt aber, weil sie sich zu etwas durchringen musste. »Ich muss Ihnen sagen, wie ich es sehe, das Wenige, was ich weiß. Sie sind ihr Bruder, und Sie und Ihre Schwester haben sie sicherlich sehr geliebt. Sollen wir anfangen?«

Ich wartete und starrte ins Feuer, als sei das der Ort, wo unsere Gedanken, unsere Gefühle sich begegnen könnten. Wenn sie sich wieder umdrehte und mich anschaute, wollte ich nicht, dass unsere Blicke sich begegneten. Ich hatte Angst.

»Ich machte mir Sorgen um sie. Ich machte mir große Sorgen um sie. Die Rastlosigkeit ihres Denkens, das Lachen gleich nach den Tränen, der Überschwang und dann manchmal das Schweigen, wenn die Musik zu Ende war. In einem Augenblick erzählte sie mir alles, was ihr durch den Kopf ging. Im nächsten hatte ich absolut keine Ahnung, was sie dachte. Irgendetwas schien sie fast wie eine Wolke einzuhüllen. Eine Wolke des Nichtwissens, falls Ihnen der Begriff bekannt ist.«

Ich nickte. Ich versuchte mir die Julie wieder ins Gedächtnis zu rufen, die ich vor so vielen Jahren gekannt hatte, ihre Unbeständigkeit, ihre Impulsivität, doch jetzt wurde etwas anderes beschrieben. »Bitte reden Sie weiter«, sagte ich. »Es klaffte immer eine Lücke…«

»Wissen Sie, ich habe keine Ahnung von den Symptomen. Es gab Augenblicke, da befürchtete ich, sie würde den Verstand verlieren – eine plötzliche Abwesenheit. Eines Abends kamen meine netten Nachbarn vorbei, nachdem sie ihnen etwas gebracht hatte, ich glaube, eine Schachtel Pralinen war es, und sie sagten etwas wie: ›Die lustige, alte Julie. Reizende Dame, aber manchmal scheint sie nicht ganz bei sich zu sein‹ oder so ähnlich. Soll ich weitermachen?«

»Aber natürlich, unbedingt«, sagte ich. »Ich sehe Julie vor mir, während Sie sprechen, eine Schwester, die plötzlich verschwand und sich seitdem nicht mehr gemeldet hat. Irgendetwas stimmte nicht.«

Ich hatte resigniert, fast enttäuscht geklungen. Aber so fühlte ich mich nicht. Ich wollte einfach, dass sie ins Zimmer kam und ich zu ihr sagen könnte: »Na komm, Julie, Liebes, reiß dich zusammen und komm nach Hause.«

Ihre Hände hatten nervös in ihrem Schoß gespielt, sich um eine Falte ihres Rocks geschlossen und wieder geöffnet. Ihre Stimme wurde noch ruhiger, noch ausdrucksloser.

»Es war ihre Familie, auf die sie sehr oft zu sprechen kam. Unvermittelt. Am Ende einer Strophe, die sie vielleicht an etwas erinnert hatte, und dann redete sie über Sie. Wie soll ich das sagen? Es lag ein überwältigendes Maß an Liebe und Bewunderung darin. Es war, mal sehen, es war wie jemand, der einen Dienst in einem fremden Land ableistet, ein Soldat im Krieg vielleicht, und sich nach dem Tag seiner Heimkehr sehnt, die Umarmung auf einem Bahnhof, das Schließen von Jalousien. Das Meer gehörte immer mit dazu, ein Strand, Spiele …«

»Wer war sonst noch da? Wer wartete darauf, dass sie heimkehrte?«

»Das habe ich doch bereits gesagt, nicht? Das Heimkommen, na ja, Sie und Ihre Schwester, Hester, nicht, Sie waren immer da. Aber Ihre Eltern waren ebenfalls da, und Sie haben mir doch bereits gesagt, nicht, dass sie damals schon tot waren? Stimmt das?«

»Schon vor langer Zeit, ja. Unser Vater verließ uns, und unsere Mutter wurde zuerst seelisch krank, und dann bekam sie Krebs.«

»Hin und wieder war ihr das auch bewusst. Aber dann war es wieder, als würde sie sich irgendein jenseitiges Leben vorstellen. Sie war nicht religiös, oder?«

»Nein, oder es war nie ein Thema. Ansonsten wäre es doch zur Sprache gekommen, nicht wahr?«

Darauf antwortete sie nicht. Die ruhige Sachlichkeit ihrer Stimme hatte irgendetwas unter strenger Kontrolle gehalten. Sie schaute mich an, als forderte sie, dass wir unsere Liebe für und unsere Sorge um Julie ganz einfach miteinander teilten. Nicht mehr und nicht weniger.

»Am besten, Mr. Bridgewell, machen wir jetzt eine Pause. Heute Nachmittag vielleicht. Es gibt noch ein Thema zu besprechen. Jetzt schaffe ich es nicht mehr. Diese verflixten Pillen…«

VIII

Ich sitze in diesem überhitzten Zimmer und schreibe meine Erinnerungen an mein letztes Gespräch mit Margaret Hayes nieder. Ich will alles frisch und präsent haben, damit ich es an Hester und auch Sheila weitergeben kann. Es schneit, aber nur leicht, und blaue Lücken tauchen allmählich über dem Cascade Mountain auf, der hoch über der Main Street thront wie eine riesige Mahnung an die Trivialität und Flüchtigkeit der Dinge. Ich versuche, ihn mit Julies Augen zu sehen, als sie ihr Paradies für immer verließ, die zischende Schlange bereits an den Fersen. Es ist schwer darzustellen, was Mrs. Hayes mir über sie gesagt hat. Wie viel einfacher ist es doch, Ideen und Argumente auszudrücken, vor allem in der Kritik, als dem ganz normalen, privaten menschlichen Leben gerecht zu werden.

Sie wartete mit dem Rücken zur Tür auf mich. Ich machte Kaffee und setzte mich aufs Sofa. Ihr Sessel war so verrutscht worden, dass sie ins Feuer starren, ich sie dabei aber nur im Profil sehen konnte. Hin und wieder tupfte sie sich mit einem Tuch, das sie fest in der Faust hielt, Feuchtigkeit von den Mundwinkeln. Sie rührte ihren Kaffee nicht an, und als sie zu reden begann, zitterte ihre Stimme, und sie musste abbrechen und noch einmal ansetzen. Dann wurde ihre Stimme ruhig, fast monoton, als würde sie aus irgendeinem Routinebericht vorlesen.

»Ich will versuchen, direkt zum Punkt zu kommen. Stellen Sie die Fragen, wie sie Ihnen kommen. Ich bin es in Gedanken immer und immer wieder durchgegangen, habe mich auf diesen Tag vorbereitet.«

Dann zögerte sie lange und drehte sich noch weiter von mir weg. »Bitte fahren Sie fort«, sagte ich.

»Eines Tages kam ein gutaussehender, junger Mann zu mir und fragte, ob Julie hier sei. Er hatte einen ausländischen Akzent. Ein Brasilianer, wie ich später erfuhr. Irgendein Musiker. Sehr vielversprechend, hieß es. Er sagte, es könne sein, dass Julie in ihrem Zimmer etwas liegengelassen habe, und fragte, ob er danach suchen dürfe. Er war sehr höflich, und ich erlaubte es ihm. Bald darauf kam er mit einem kleinen, braunen Paket aus dem Zimmer, dankte mir mit einem charmanten Lächeln und ging wieder.«

Sie verstummte und starrte Julies kleines Zimmer an, als würden die Erinnerungen verschwimmen, und sie könne ihnen nicht mehr trauen. Sie schüttelte leicht den Kopf, faltete dann entschlossen die Hände im Schoß und redete weiter.

»An diesem Abend kam Julie, und als ich es ihr erzählte, schien sie nicht im Geringsten besorgt. ›Das war Paulo‹, sagte sie eifrig. ›Er ist mein Geliebter. Mochten Sie ihn?‹ Ich fragte sie, ob sie mir von ihm erzählen wolle, aber sie wandte sich ab und ging zu den Bücherregalen. Ihre Augen glänzten, und sie hatte hastig gesprochen. Sie war offensichtlich verliebt. Sie fragte, ob wir uns ein Buch über Turner anschauen könnten, das sie vor ein paar Tagen vom Regal genommen hatte. Es war einer unserer glücklichsten Abende, und soweit ich mich erinnere, endete er mit einem Klaviertrio von Schubert. Ja, das b-Moll. Das Passive, Feminine, wie Schumann es genannt hatte. Es war das letzte Mal …«

Sie hielt inne, als würde sie die Musik im Kopf noch einmal hören. Eine Weile klopfte sie den Rhythmus mit. Dann redete sie weiter. Ich saß mit geschlossenen Augen da, legte hin und wieder ein Scheit ins Feuer und schürte es, ohne sie auch nur einmal anzuschauen. Erst als wir uns verabschiedeten, sollten wir wieder Blicke wechseln. Das ist das richtige Wort – ein Wechsel, ohne Worte, ein Austausch von Verständnis und Vertrauen.

Sie erzählte mir, dass eine Woche später drei Polizisten gekommen waren und zwei weitere kleine Päckchen aus Julies Zimmer mitgenommen hatten. Wenige Tage später wurde sie zusammen mit Paulo verhaftet, nach Calgary gebracht, wegen Drogenhandels angeklagt und zu Gefängnis verurteilt, er zu sechs Monaten, sie zu vier. Paulo hatte in der Schulküche gearbeitet und in Calgary etwas Cannabis und auch ein wenig Kokain gekauft und versucht, es weiterzuverkaufen. Er hatte auch Julie gebeten, etwas zu verkaufen. Es waren nur kleine Mengen gewesen. Sie war vor Gericht als Charakterzeugin für Julie aufgetreten.

»Das war das letzte Mal, dass ich sie sah. Sie saß mit gesenktem Kopf da oder schaute Paulo an. Ich sehnte mich danach, dass sie mich anschaute, nur einmal. Ich wollte sie wissen lassen, nun ja, dass ich sie liebte, dass ich ihr immer ein Zuhause bieten würde, dass unsere gemeinsamen Zeiten zu den glücklichsten meines Lebens gehört hatten. Solche Dinge. Wie sagt man so etwas mit einem Blick? Ich gab ihrem Anwalt einen Brief für sie, aber er sagte mir, sie wolle ihn nicht annehmen. Ich sah sie nie wieder.«

»Und Paulo?«

»Er schaute sie kaum an. Er grinste nur die ganze Zeit. Manchmal zuckte er die Achseln. Als wären sowohl das Gericht wie auch Julie für ihn gleich absurd.«

Wieder entstand ein langes Schweigen. Ich brachte neuen Kaffee und ging dann noch einmal in die Küche zurück, um einen Teller mit Keksen zu holen, der auf dem Abtropfblech stand. Ich stellte ihn neben sie, doch sie ignorierte ihn. Ich überlegte, ob das alles war, was sie zu sagen hatte, und ich ins Hotel zurückkehren sollte. Es konnte nur noch Schlimmeres kommen. Ich würde das alles Hester erzählen müssen. Jetzt war es wichtiger denn je, dass wir sie fanden, aber es war sogar noch unwahrscheinlicher geworden. Mit Sicherheit hatte sie von diesem Punkt an spurlos verschwinden wollen. Mrs. Hayes sprach meine Gedanken aus, mit leiser Stimme, als redete sie mit sich selbst. Ich musste mich vorbeugen, um sie zu verstehen.

»Trotz allem, immer wenn sie bei mir war, gab sie mir die Hoffnung, dass sie bald nach Hause zurückkehren werde, zu den Menschen, die sie liebte. Ich sah sie an einem Strand entlanglaufen, in den Wind lachen, mit Menschen, die ihr folgten. Und ähnliche sentimentale Vorstellungen. Und ich sagte ihr oft, sehr oft, dass sie nach Hause gehen müsse. Sie versprach es mir, fragte mich aber auch, warum sie es tun sollte, da sie doch glücklich war? Jetzt hingegen konnte sie das nicht mehr tun, oder? Mit der ganzen Schande. Jetzt würde sie wirklich vom Angesicht der Erde verschwinden wollen.«

Ich nickte, obwohl sie es nicht sehen konnte. Sie bedeckte die Augen, als versuche sie, auf etwas zu kommen. Was konnte ich sagen? Dass das die Wurzel des Ganzen war? Das und eine Sehnsucht nach einer Zeit der Unschuld, die nie wirklich existierte. Aus meinem Mund kam allerdings: »Das Ende der Reise. Arme Julie. Aber vielen Dank …«

»Ja. Und kein neuer Anfang. Ein verlassener Kai. Ein leeres Meer.«

Dann erzählte sie mir, dass sie etwa vier Monate später Besuch von einer Mrs. French erhalten habe, die Gefangene in der Haft besuchte und auf diese Weise Julie gut kennengelernt hatte. Da Julie offensichtlich keine Ahnung hatte, wohin sie nach Verbüßung ihrer Strafe gehen sollte, hatte Mrs. French ihr eine Unterkunft angeboten. Sie hatte eine Art Zusammenbruch gehabt und kaum gesprochen. Ihre Medikamente machten sie schläfrig. Sie half bei der Hausarbeit und bei der Betreuung von Mrs. Frenchs zwei kleinen Kindern, die meiste Zeit aber verbrachte sie in ihrem Zimmer.

Jetzt schaute sie mich an. Vielleicht hatte sie es zuvor schon getan, aber ich hatte die Augen geschlossen gehabt. Es schien auch nur Neugier zu sein.

Dann sagte sie: »Wir wissen, nicht wahr, wie untypisch das für Julie war. Einfach nur herumzusitzen. Anscheinend las sie sehr viel. Es wurden Bücher aus der öffentlichen Bibliothek ausgeliehen. Vorwiegend Kunstbücher. Die Reproduktionen starrte sie dann stundenlang an.«

»Diese Frau. Sie scheint außergewöhnlich ...«

»Ja, sehr. Ihr Mann macht irgendwas in Öl. Sie dachte, es würde Julie helfen, mit den Kindern zusammen zu sein. Das konnte sie sehr gut, auch wenn sie kaum redete, außer in Babysprache. Sie hatte ›den Kontakt verloren‹. Das war der Ausdruck, den sie verwendete. Die Pillen betäubten sie, hielten sie vom Weinen ab. Ja, eine sehr freundliche Frau. Praktisch. Professionell. Wenn sie sich um Julie kümmern wollte, hatte sie gar keine andere Wahl.«

»Also wohnte sie einfach bei ihr. Und dann?«

»Ja, das wollen Sie gerne wissen. Als Nächstes tauchte Paulo auf. Sie zog einfach ihren Mantel an, als hätte sie auf ihn gewartet, winkte beim Weggehen und blieb zwei Tage lang verschwunden.«

»Zwei Tage? Aber ...«

»Sie kam zurück, ging in ihr Zimmer und verstummte

wieder. Es gab absolut kein Geräusch, nicht einmal von dem Kassettenrekorder, den sie ihr geschenkt hatten. Zu den Mahlzeiten kam sie herunter, und sie erzählte ihnen, dass ihr Freund nach Brasilien zurückgekehrt sei. Einfach so. Mit einem Achselzucken. Jetzt schien sie darauf zu warten, irgendwo hinzugehen. Sie sprach von ›nach Hause‹. Sie meinte, vielleicht erwarte sie ja jemand.«

»Das kann nur heißen, dass sie uns wiedersehen wollte.«

»Nein, ich fürchte nicht. Sie weigerte sich, irgendetwas über ihre Familie zu sagen, auch nicht, wo sie lebte. Das Schweigen kehrte zurück. Sie wurde wieder leer, außer wenn sie mit den Kindern zusammen war. Sie schienen sie sehr zu mögen.«

Sie bückte sich und hob einen Umschlag vom Boden auf. »Ich glaube, das sollten Sie sehen. Sie brachte viel Zeit mit dem Schreiben eines Briefs zu. An mich. Überall im Zimmer lagen Entwürfe verstreut. Sie hatte im Gefängnis angefangen und zerbrach sich dann den Kopf darüber, dass ich ihn nie erhalten würde, deshalb versprach Mrs. French, so war sie eben, ihn persönlich abzugeben. Da ist er …«

Julies Handschrift war immer ein schlampiges Gekritzel gewesen, aber dieser Brief war in einer kräftigen, runden Schrift wie der eines Kindes geschrieben:

Liebe Mrs. Hayes,
wenn ich Sie das nächste Mal besuchen komme, können wir dann bitte wieder an den Lake Peto

fahren. Bitte verzeihen Sie mir, falls das nicht die korrekte Schreibung ist. In meinem vergangenen Leben habe ich oft Sachen falsch gemacht, und meine Fehler sind ernsthafter Aufmerksamkeit nicht wert. Jetzt wünsche ich mir, ich wäre Ihre Schülerin gewesen. Dann wäre alles anders geworden. Es tut mir leid, dass der See Erinnerungen für Sie hat, die Sie zum Weinen bringen. Erinnerungen tun das. Er ist wahrscheinlich das Schönste, woran ich mich in der Natur erinnern kann. Aber ich habe noch nicht genug von ihr gesehen, bis auf das Meer und die Klippen. Es hatte die Farbe des Verlobungsrings meiner Mutter. Ich weiß nicht, was sie damit machte, als mein Vater nach Afrika ging. Ich hatte einen Bruder und eine Schwester, die immer versuchten, nett zu mir zu sein. Ich weiß nicht, wohin sie gegangen sind. Ich glaube nicht, um Hungernden zu helfen, wie mein Vater. Ich werde sie nicht wiedersehen. Das wollen wir nicht. Ich habe sie geliebt, aber ich habe sie sehr lange nicht gesehen, und ich glaube, sie sind tot. Wie meine Mutter und mein Vater. Alle tot. Paulo ist in ein anderes Land gegangen. Wenn er tot ist, werde ich es nicht wissen. Ich hoffe, meine Mutter hat den Ring nicht weggeworfen. Er funkelte in der Sonne. Einige Dinge können immer wieder zu etwas gut sein. Mein Vater war zu beschäftigt mit seiner wohltätigen Arbeit, um zurückzukommen und zu sehen, wie wir ohne ihn zurechtkommen. Das Problem war auch, dass wir ihn langweilten, weil wir nicht genug über seine Witze lachten usw. Meine Mutter war ein sehr vorsichtiger Mensch. Sie wurde noch stiller, als wir einer nach dem anderen von zu Hause weggingen. Sie kümmerte sich sehr gut um uns. Manchmal musste man sie daran erinnern. Man konnte deutlich sehen, wie sehr sie uns liebte. Sie redete nur, wenn es darum ging, sich um uns zu kümmern und uns glücklich zu machen. Oft ist es besser, nichts zu sagen. Manchmal schaute sie hoch, als erwartete sie, dass mein Vater gleich zur Tür hereintritt und vermutlich einen seiner Witze reißt. Früher lebte ich in England. Vielleicht gehe ich irgendwann einmal dorthin zurück. Was mein Vater nicht tun konnte. Ich würde das Meer gerne wiedersehen. Ich will auch Sie gerne wiedersehen, falls Sie mich sehen wollen. Vielleicht nicht unter diesen Umständen. Oft sehe ich mich selbst zu Ihrer Tür gehen und mit diesem Elchkopf klopfen und die ganzen Bücher anschauen, und dann suchen Sie eins aus. Musik hören. Wo ich jetzt wohne, hat eine freundliche Frau mir einen Plattenspieler geliehen, damit ich Musik hören kann in der Stille meines Zimmers wie im Inneren meines Kopfs, ohne zu viel an die Vergangenheit zu denken. Die Familie hat zwei kleine Kinder, und manchmal kann ich mithelfen und mich um sie kümmern. Beide haben gesagt, dass sie mich lieben. Das ist ein Anfang, aber sie könnten nie mit mir nach England gehen, wo ich einmal gelebt habe. Auch dort sind meine Kinder tot. Jedes. Wo sind jetzt alle? Sie waren immer sehr nett zu mir, was ich schon ganz am Anfang hätte schreiben sollen. Wenn ich Ihre Tür jetzt öffne, schließt sie sich gleich wieder vor mir. Genau das geschieht mir recht. Ich wollte nur vorschlagen, dass wir noch einmal zu dem türkisen See fahren, damit es auch für mich traurig ist, dass ich ihn nicht mehr sehen kann. Meine Mutter trug den Ring nicht, als sie im Krankenhaus starb. Ich fragte sie, wo er ist, aber sie konnte mich nicht hören. Sie dachte, ich wäre eine Krankenschwester oder sonst jemand. Vielleicht hat sie ihn einfach verloren. Sie verlor oft Sachen. Sie verlor auch uns. Ich will nicht, dass Sie die Tür vor mir verschließen wegen dem, was die Leute vielleicht über mich denken. Ich war nie glücklicher als an den Abenden, wenn wir miteinander Musik hörten und diese Bilder anschauten und Gedichte lasen. Im ganzen Leben nicht. Die Welt ging weg. Ich erinnere mich noch an die Zeilen. In der Sonne, die nur einmal jung ist, ließ die Zeit mich spielen und golden sein in der Gnade ihres Scheins. Ich finde nicht den richtigen Weg, mich zu verabschieden und zu sagen, dass es mir leidtut. Am besten findet man einen Weg, für immer zu verschwinden. Ich wünsche mir, meine Mutter hätte Ihre Freundin sein können. Es wäre dann gewesen, als hätte ich zwei Mütter. Es wäre ganz anders gewesen, und Sie hätten sie wahrschein-

lich aufmuntern können. Ich will einfach nur, dass alle immer glücklich sind. Man kann es nicht, wenn einem Erinnerungen in die Quere kommen, die eine Mischung sind aus Falschem und Schönem. Eines Tages werden wir einander wiedersehen, hoffe ich. Ich hoffe das mehr als alles andere, wenn Sie nach England kommen, falls ich wieder dort bin. Wir können an den Strand gehen und Steine ins Wasser werfen. Bitte grüßen Sie Ihre netten Nachbarn herzlich von mir. Ich mochte sie sehr gern. Ich hoffe, sie freuten sich immer, mich zu sehen, und hätten mich vielleicht noch einmal sehen wollen. Ich will nicht, dass Sie denken, in meinem ganzen Leben sind die Leute bis jetzt nicht sehr nett zu mir gewesen. Ich weiß nicht, wohin ich jetzt gehen soll. Ich hätte nichts dagegen, auch tot zu sein. Wie auch immer, leben Sie wohl. Es gab einen sehr wilden und schönen Ort, wo ich einst lebte, bevor die Zeit begann, mit Seen und Bergen.

Alles Liebe,
Julie

Ich las den Brief zweimal. Sie erwartete, dass ich etwas sagte, aber mein Herz war zu voll. Welchen Kommentar hätte ich auch abgeben können? Man konnte nur Fragen stellen. Wie sehr hatte Julie schon den Verstand verloren? In den Jahren nach dem Weggang meines Vaters hatte meine Mutter dieselbe zögerliche Unlogik gezeigt.

Doch jetzt gab es nur noch eine einzige wichtige Frage. Hatte Mrs. French Julie tatsächlich nach England zurückgebracht?

»O ja. Genau das wollte sie mir sagen, als sie mir diesen Brief brachte. Sie hatte einen Bruder, einen Grundschuldirektor, in Dorset glaube ich, der versprach, sich um sie zu kümmern, bis etwas arrangiert werden konnte. Es war so vage, wie es klingt.«

Sie war sehr sachlich geworden, als wollte sie das ganze Thema endgültig abschließen. Was gab es für sie auch noch zu sagen? Ich fragte, ob sie seitdem von Mrs. French etwas gehört habe.

»Sie rief ungefähr sechs Monate später an. Sie wollte mir nur versichern, dass Julie in guten Händen sei und ich mir keine Sorgen um sie machen müsse. Ich habe ihre Telefonnummer. Könnten Sie mir bitte das Adressbuch dort drüben holen?« Ich tat es. »Wo habe ich …? Hier.«

Sie gab mir eine Nummer in Calgary, und ich schrieb sie mir eben auf, als sie sagte, dass ich Julies Brief behalten könne, wenn ich wolle. Ich wollte sie noch fragen, wie es Julie im Gefängnis gegangen sei, doch sie unterbrach mich barsch.

»Woher soll ich denn das wissen? Da müssen Sie schon Mrs. French selber fragen. Ich glaube, Sie werden feststellen, dass sie ein sehr direkter Mensch ist.«

Sie machte eine abwehrende Handbewegung und bedeckte kurz die Augen, wie um auszudrücken, dass fast alles zu schmerzhaft werden kann, wenn es nur die kleinste Chance dazu bekommt. »Wenn es Ihnen nichts ausmacht, eine Kopie zu machen und sie mir zu schicken.«

Sie sah zu, wie ich den Brief wieder in den Umschlag steckte. Sie starrte mich an, wollte meine Aufmerksamkeit. Es war ein hartes Starren, wie um mich zur Rechenschaft zu ziehen.

Sie sprach langsam und sehr bedacht. »Ich nehme an, wenn man inmitten von wichtigen Ereignissen in der öffentlichen Sphäre lebt, wie Sie es tun, müssen die ganzen persönlichen Trivialitäten, die die Menschen beschäftigen, nun ja, doch unwichtig wirken?«

»Ich bin mir nicht sicher, ob das …«, setzte ich an, aber sie lächelte plötzlich, als hätte sie es gar nicht so gemeint.

»Denken Sie sich nichts. Dieser Brief. Er ist für mich sehr wertvoll. Ich lese ihn immer wieder. Er bringt Julie zu mir zurück. Er lehrt mich etwas. Ich weiß nicht so recht, was. Er ist etwas, an das ich mich klammern kann. Er ist wie ein Brief von jemandem aus einer Abflughalle, der zu einer langen Reise aufbricht, ohne zu wissen, wohin – in eine Welt, die weit entfernt ist von dieser, wo das Leben nur in der Phantasie existiert. Ein friedliches Reich. Wer hat das gesagt? Sie hat geschrieben, sie will nur, dass alle immer glücklich sind, das ist es.«

Ich schüttelte den Kopf. Auch ich sah Julie vor mir, bei einem Abschiedsessen in Soho, wie sie sich von mir abwandte, um ihre Scham und ihren Kummer zu verbergen, oder an einem Strand, wie sie zu den Eltern schaute und einen Verlobungsring funkeln sah.

Jetzt beugte sie sich vor und schaute mir tief in die

Augen, als würde sie nach den richtigen Worten für einen endgültigen Abschied suchen, nach einer Möglichkeit, sie so zu sagen, wie sie gerne in Erinnerung bleiben wollte.

»Sie ist die ganze Zeit hier. Immer auf dem Sprung, um ein Buch zu holen, eine Platte aufzulegen. Es war eine Art Verzweiflung. Genau das war es. Und wie sie sagte, dass sie nie glücklicher gewesen war als zu den Zeiten, da wir diese Seen gemeinsam sahen: dieses massive, rohe, ursprüngliche, absolut wunderschöne Paradies, das uns zu unserer wahren Größe schrumpfen lässt... Es tut mir leid. Ich fange an zu plappern. Wissen Sie, als sie kam, waren es keine Wolken der Herrlichkeit, die sie nach sich zog. Dieses Wordsworth-Gedicht liebte sie sehr und schlug es immer wieder auf. Wolken des Verlusts, des Bedauerns, des Unglücks. Doch am Ende auch Liebe in ihnen. Dieser junge Brasilianer... Ach du meine Güte! Ob ihr neues Leben hier anfangen könnte, fragte sie mich einmal...«

Ihre Stimme war wieder zu einem Flüstern geworden. Da war etwas, das sie endgültig aufgegeben hatte. Sie hatte ihr Paradies gekannt. Sie hatte versucht, es mit Julie zu teilen. Und jetzt wollte sie nur noch in Frieden sterben. Sie hatte Julie für mich wiederauferstehen lassen, hatte sie mir zurückgegeben. Was konnte sie mehr tun? Ich versuchte, etwas in dieser Richtung zu sagen.

»Wie kann ich Ihnen danken? Ich sage Ihnen Bescheid, wenn ich sie finde. Ich richte ihr Grüße von Ihnen aus.«

Sie öffnete weit die Hände, wie um ein Geschenk entgegenzunehmen. »Kann es mir in meinen letzten Tagen nicht erlaubt sein, mich an sie zu erinnern, wie sie war? Ich will das von nichts überlagern lassen, wenn Sie wissen, was ich meine. Ich fürchte, sie wird sich nicht sehr lange an mich erinnert haben. Die Welt ist zu sehr bei uns oder besser gar nicht bei uns.« Jetzt lächelte sie endlich, die letzte, einfachste Offenheit. »Ich möchte es lieber nicht erfahren. Man bleibt lieber im Gedächtnis.«

Ich stand auf, legte ihr die Hand auf die Schulter, und als ich meinen Dank gemurmelt hatte, sagte ich, wenn es so wäre, würde Julie sich auch an mich nicht erinnern. Es war heiter gemeint, doch auf dem Rückweg zum Hotel fragte ich mich, ob das für mich weniger schmerzlich wäre als für sie. Die Julie, die sie gekannt hatte, war ganz anders als die meine. Jetzt war es fast so, als hätten wir gar keine gemeinsame Julie. Ich hatte ihr nichts von dem Leben erzählt, das sie in London geführt hatte, bevor sie verschwand. Ich hätte sagen können, dass sie in ziemlich ausschweifende Kreise geraten war. Und vielleicht hätte ich gar nicht gemerkt, dass es ihr nicht gefallen hätte, was ich sagte.

So schrieb ich es ein oder zwei Wochen später auf. Es hatte vieles gegeben, was wir nicht ausgesprochen hatten, weil es nicht nötig gewesen war. Ich las noch einmal nach, was Frye über die Abscheulichkeit und Alptraumhaftigkeit der modernen Großstadt geschrieben hatte, dass sie keine Gemeinschaft mehr war. Vielleicht habe ich so etwas Ähnliches über Julies Welt gesagt, bevor sie dieses Paradies betrat, ein Paradies aus Seen und Flüssen und Bergen, eine den Künsten gewidmete Gemeinschaft. Ich hätte auch sagen können, dass dieser Ort etwas besaß, wonach ihre Seele sich gesehnt und das sie für eine Zeit auch gefunden hatte. Und sie hatte auch Liebe hier gefunden. Und dann endet alles in einer Besserungsanstalt für die Bösen. »Es gab die Zeit, da Wiese, Hain und Bach …«

Mrs. French fand ich nach ein paar Telefonanrufen. Nachdem ich mich vorgestellt und erklärt hatte, dass Mrs. Hayes mir die Telefonnummer gegeben habe, schien sie zuerst absolut nicht bereit, mir irgendetwas zu sagen. Ja, sie habe Julie nach England zurückgebracht. Nein, Julie habe nicht gewollt, dass irgendjemand informiert werde. Es seien alle tot, habe sie gesagt. Mrs. Frenchs Bruder hatte angeboten, sich um sie zu kümmern, bis man für sie irgendwo ein Heim gefunden hätte. Ob sie mit ihr in Kontakt geblieben sei, fragte ich sie. Darauf folgte eine lange Pause. Die Frage war unhöflich. »Natürlich«, erwiderte sie. »Man kümmert sich gut um sie.«

Sie nannte mir die Adresse und die Telefonnummer ihres Bruders, und als ich weitere Fragen stellte, sagte sie: »Na ja, das sollten Sie sich besser selber ansehen, meinen Sie nicht auch. Es ist höchste Zeit …«

»Was hätten wir denn tun sollen?«, fragte ich sie. »Sie verschwand einfach. Wir hatten keine Ahnung… Wir warteten einfach ab… schätze ich. Ich komme morgen nach Calgary, um von dort zurückzufliegen. Vielleicht könnten wir uns treffen.«

Wieder eine Pause. »Ich fürchte, das ist nicht möglich. Ich bin für eine Weile nicht in der Stadt. Und wie auch immer… Ich werde meinem Bruder sagen, dass Sie sich vielleicht bei ihm melden.«

Das klang noch endgültiger. Dabei gab es noch so viele Fragen. Ich redete jetzt hastig. »Mrs. Hayes sagte mir, wie gut Sie zu ihr waren. Sie zeigte mir Julies Brief. Wie kann ich Ihnen je danken…?«

»Das ist jetzt nicht mehr nötig.«

»Eins muss ich noch fragen. Wie war es im Gefängnis für sie? Es ist schrecklich, sich vorzustellen… Dieser Brief.«

Plötzlich wurde sie ungeduldig mit mir, sogar wütend, als wollte sie fragen: Und wo waren Sie? Als wäre ich dafür verantwortlich, was aus Julie wurde. Womöglich stimmte es sogar. Wir lebten schließlich in derselben Stadt. Hatte ich mich zu sehr mit meiner heißgeliebten Karriere beschäftigt, um ihr genug Zeit zu schenken, die Zeit, die sie brauchte? Ich hatte mich das selbst schon gefragt, oft sogar, konnte es aber immer schnell wieder abtun. Doch jetzt?

»Ich sage Ihnen nur eins. Schlimmer hätte es kaum sein können. Die Güte, die Freundlichkeit, die gute Laune, von denen Mrs. Hayes mir erzählt hatte, für das alles war dort kein Platz. Sie wurde verspottet, eingeschüchtert, isoliert. Ihr englischer Akzent half ihr auch nicht gerade. Sie versuchte, sich aufzuhängen, hatte aber keine Ahnung… Was wollen Sie noch wissen? Sie kam in eine Einzelzelle. Das Essen musste man ihr bringen. Sie fing an, diesen

Brief zu schreiben. Sie gab mir Entwürfe davon, damit ich sie vernichte. Er war ihre Zuflucht. Um sie vor dem Rest zu bewahren. Bis der Rest für sie kaum mehr zu existieren schien.«

»Dann kam sie zu Ihnen … Und der Brasilianer …«

»Belassen wir es dabei, Mr. Bridgewell. Bitte.«

Ich dankte ihr noch einmal und bemerkte, dass auch Mrs. Hayes sehr gut zu ihr gewesen sei.

»Na ja, was hätten Sie denn erwartet? Für Julie konnte man kaum weniger tun.«

Ihre Stimme klang jetzt wieder herzlicher, und das ermutigte mich zu dem Geständnis, dass ich Julies Brief neben mir hatte. Da sei so viel, was Julie auszudrücken versucht hätte, sagte ich, die Dankbarkeit, die Erinnerungen.

»Sie schrieb ihn sehr oft um, bevor sie mich bat, ihn abzuschicken. Oft murmelte sie, jedes Wort darin sei falsch, alles sei zu groß und zu kompliziert. Sie hätte in Mrs. Hayes' Schule gehen sollen, sagte sie, um alles von Anfang an noch einmal zu lernen. Als sie mir am Ende dann den Brief gab, redete sie kaum noch.«

»Ja«, sagte ich. »Die Welt war zu sehr …«

Ich konnte nicht weiterreden. Ich sah Julie auf einer belebten Straße auf mich zulaufen, mit allem, was sie mir zu sagen hatte, oder nichts – in den Augen und der Hast ihres Redens eine Sehnsucht, ihre Gefühle in Ordnung zu bringen, aus ihnen zu machen, was sie meinte, dass ich hören wollte. Es ging um viel, viel mehr, als sich Geld zu borgen, ein bisschen was, um über die Runden zu kommen.

»Ja«, sagte sie. »Andere Welten. Diejenigen, die nicht so sehr bei uns sind. Sie werden es selber sehen, Mr. Bridgewell.«

Die Förmlichkeit war wieder da. Sie wollte mir nichts mehr sagen.

»Ich richte ihr schöne Grüße von Ihnen aus«, sagte ich.

»Besser meine Liebe, aber ich fürchte ... Ach, vergessen Sie's.« Wieder war Herzlichkeit aufgeblitzt. »Ich bin so froh, dass Sie sich endlich auf die Suche nach ihr gemacht haben.«

Das war zwar eine Rüge, aber ihr Ton blieb freundlich. Und noch einmal dankte ich ihr.

»War doch keine große Sache«, erwiderte sie wegwerfend.

Ich besuchte Mrs. Hayes noch ein letztes Mal. Ich hatte mir ein Auto gemietet, um einige der Seen zu besuchen, und davon erzählte ich ihr. Ich erzählte ihr auch von einem Trio-Konzert, das ich im Centre gehört hatte. All diese Orte hatten Erinnerungen für sie, alle auch Erinnerungen an ihren Mann. Sie nickte, als ich erzählte. Es war fast wie eine Anerkennung: Inzwischen hatte ich eine ungefähre Ahnung davon, wie es für sie all diese Jahre gewesen war, die sie jetzt mit mir teilte, wie sie es mit Julie getan hatte. Ich sagte ihr, dass ich Mrs. Frenchs Bruder sehr bald besuchen würde und dass meine Reise nun zum Ende komme. Mit einem Achselzucken erzählte sie, dass Mrs. French sich schon sehr lange nicht mehr bei ihr gemeldet habe. Es schien sie zu ärgern.

»Haben Sie nachgefragt?«

Sie schüttelte den Kopf und rutschte, ein wenig das Gesicht verziehend, in ihrem Sessel nach hinten. Mein Besuch war zu Ende. Bald würde ich ein Teil der Vergangenheit sein. Das Buch konnte wieder geschlossen werden, Julie kam ins Regal der Erinnerungen, als eine unter vielen. Denn es gab eine Unmenge anderer, nicht nur an Seen und Berge, die sie mit ihrem Mann gesehen und bestiegen hatte, sondern auch an alle ihre Schüler, eine große Sammlung von Elchkopf-Klopfern, an eine Kindheit in Shropshire, die Wildnis von Saskatchewan. Ich wusste nicht einmal, ob sie eigene Kinder hatte. Julie würde wieder in den Hintergrund treten. Eine Gleichgültigkeit hatte sich eingeschlichen. Sie hatte mir nicht einmal Kaffee angeboten. Ich stand auf und legte ihr die Hand auf die Schulter. Sie legte ihre Hand auf meine.

»Ich werde sie herzlich von Ihnen grüßen«, sagte ich.

Sie schüttelte abwehrend den Kopf, schaute dann mich an und die Bücher an den Wänden. Es würde einfach eine endgültige Trennung unter vielen sein. So war das Leben, es trieb auf ein Ende zu.

Ich stand noch da, als die Nachbarn hereinkamen. Die Gattin, eine geschäftig wirkende Frau mit einem Dauerlächeln im Gesicht, hatte wieder einen Eintopf in den Händen.

»Entschuldigen Sie die Störung«, sagte der Mann, während sie zur Küche durchgingen. Dann kam die Frau zurück und fing an, Staub zu wischen.

»Ich sauge dann später«, sagte sie, als würde sie sich

schon sehr darauf freuen. »Und ein bisschen abwaschen. Der Berg Wäsche wird dann eben warten müssen, nicht?«

»Schätze, ja«, sagte der Mann.

Sie unterhielten sich, als wären sie alleine, würden bei sich zu Hause ein wenig plaudern. Sie gingen wieder in die Küche. Es war ihre Zeit. Der ganz normale Alltag. Mrs. Hayes lächelte mich an und zuckte noch einmal die Achseln, als wollte sie sagen, so lief das Leben eben, der alltägliche Trott, nichts von Bedeutung für jemanden wie mich, der in der öffentlichen Sphäre lebte. Es war nur noch leichtes Gepäck zu schleppen, bis das Ende kam. In ihrem Blick hatte Dankbarkeit gelegen, das glaube ich zumindest. Weil ich ihr einen Teil ihrer Vergangenheit wiedergegeben hatte, einen erinnernswerten Teil. Aber das war es dann auch. Sie hatte noch immer nicht gesagt: Ja, und bitte grüßen Sie sie sehr herzlich von mir.

Ich hatte noch einige Stunden Luft, bis der Bus zum Flughafen fuhr, deshalb habe ich diesen Bericht vervollständigt, so gut ich konnte. Die ganze Zeit dachte ich daran, dass ich ihn bald Hester zeigen würde. Ich hoffe, das hat die Art, wie ich ihn geschrieben habe, nicht beeinflusst. Seine Wahrhaftigkeit. Wichtig war nur, dass Julie Gerechtigkeit widerfuhr. Meine Suche neigte sich dem Ende zu. Bald würde ich sie wiedersehen. Wenn sie nicht mehr am Leben wäre, hätte Mrs. French es mir gesagt. Sie hätte es auch Mrs. Hayes gesagt. Der Brief, den ich eben noch einmal gelesen habe, verfolgt mich – dass er so oft geschrieben wurde und noch viel öfter hätte geschrieben werden können. Was da stand, war eine verbale Oberfläche, unter der ein Aufruhr herrschte, aus dem heraus nichts Endgültiges, Wahrhaftiges gezogen werden konnte. Das öffentliche Leben war nicht so.

Und während ich nun meinen Laptop zuklappe, den Koffer packe und die Rechnung bezahle, geht mir die Frage nicht aus dem Kopf, welche Sprache für uns, oder für mich, überhaupt von Nutzen ist, abgesehen von dem, was ich so absondere, um meine Punkte zu machen und meinen Lebensunterhalt zu verdienen. Bald werde ich wieder Kolumnen schreiben müssen. Es wird viel zu sagen geben, da eine neue Wahl droht – das ganze Posieren und Streiten und das zähe Ringen um Ausgaben: politisches Kalkül, das nicht mehr von Ideen oder moralischen Gewissheiten und sicher nicht von großer Menschenliebe geformt wird. Die Verwässerung von Vertrauen, das Gewäsch über Rechte und nicht Pflichten oder Verantwortlichkeiten. Ich kann mich schon selbst schwadronieren hören, mit Zitaten aus *Kultur und Anarchie,* und eine große Suada halten, wegen der Hester mich aufziehen kann – ihr gescheiter Bruder mit der ganzen Weisheit, die er erst noch aufbrauchen muss. Ich schaue hinaus auf den Cascade Mountain. Das war das Erste, was Julie sah, als ihr Bus in der Main Street hielt und sie, wahrscheinlich mit einem Freudenschrei, ausstieg.

ZWEITER TEIL

IX

Wieder Hesters Bed & Breakfast. Sie ist mit Julie zu einem ihrer Besuche bei den Alten und Einsamen gefahren, darunter auch zu Henry, der jetzt in einem Altenheim lebt. Sie erzählt mir, dass er nicht aufhören kann, damit zu hadern, was er alles zurücklassen musste. »Dieses andere Land«, nennt er es. Meine Vermieterin hat mir eben erzählt, was Hester, abgesehen von den Hausbesuchen, sonst noch alles für die Gemeinde tut. »Ist immer da, wenn man sie braucht.« Ich gehe später zum Abendessen zu ihnen. Julie ist drei Tage bei Hester.

Morgen fahre ich sie ins Heim zurück. Der erste Tag ist recht glücklich verlaufen, sagt Hester, doch sicher kann man sich nicht sein. Julie sitzt im Wohnzimmer, sieht sich die Bücher an oder hört mit geschlossenen Augen Musik.

Als wir ankamen, ging sie, noch bevor sie auf Hesters Begrüßung reagierte, zu den Turner- und Constable-Reproduktionen an der Wand und schaute sie lange an. Sie schien sie zu vergleichen. Sie mussten ihr aus Büchern vertraut sein, aber es wirkte, als würde sie die Bilder, oder Aspekte von ihnen, zum ersten Mal sehen. Hester stand mit verschränkten Armen einfach da und wartete. »Hallo, Julie«, sagte sie. Eine Umarmung gab es nicht. Julie schaute und lächelte sie an wie jemanden, an den sie sich schwach erinnerte, von dem sie glaubte, er würde nett zu ihr sein.

Ich trug ihr den Koffer ins Zimmer hinauf, und als ich zurückkam, saß sie vor dem Feuer und starrte hinein. Sie schaute zu mir hoch. »Das war eine lange Fahrt«, sagte sie. »Im Winter gibt es keine Blätter.« Zuvor hatte ich sie kaum einmal reden hören. Im Auto hatte sie zum Fenster hinausgestarrt und auf keine meiner Fragen geantwortet. Hester fasste nach meiner Hand. Julie schaute jetzt zwischen uns hin und her. Doch in ihrem Blick lag kein Wiedererkennen. Sondern eher die Hoffnung, dass wir nicht enttäuscht von ihr waren, dass uns ihre Anwesenheit nicht lästig war, dass wir harmlose, vertraute Fremde waren.

Sie hatte uns dreimal gesehen, als wir sie im Heim und in der Werkstatt besuchten. Ihre blauen Augen wirken jetzt größer, sind nicht mehr versteckt, wenn sie lacht. Jetzt lacht sie nicht. Sie zeigt ein gelassenes, schmales Lächeln, in der Erwartung, dass alle glücklich sind. Und ihre Augen. Es steht noch dieselbe Angst in ihnen, derselbe Selbstzweifel, aber jetzt undeutlich wie auf einer alten Fotografie. Keine Sehnsucht. Vor allem keine Neugier, keine

Eindringlichkeit, keine Lebensliebe. Das Lächeln ist eins des permanenten Akzeptierens, wie die Dinge sein sollten.

Hester und ich finden übereinstimmend, dass sie jetzt manchmal wie unsere Mutter aussieht, wie sie in ihren letzten Jahren nach unserem Weggang gewesen war: einfach nur hoffend, dass sich eines Tages alles zum Besseren wenden würde. Wie wir uns danach sehnen, dass Julie sich eines Tages umdreht und unsere Namen sagt und sich an uns klammert, wie sie es als Kind getan hatte, wenn der Kummer sie überwältigte! Ihre Haare sind grau, und sie benutzt kein Make-up. Doch manchmal wirkt sie wieder wie ein junges Mädchen, diese frische Jugendlichkeit bricht sich Bahn, eine Ahnung des Menschen, zu dem sie früher fast geworden wäre.

Hester sagt, wir haben jetzt zwei Schwestern zu lieben. Ich sehne mich danach, heute Abend dieses Zimmer zu betreten und zu sagen: »Es wird wunderbar werden, Julie, wenn nächste Woche Mark bei uns ist. Ich habe Karten für zwei Violinkonzerte gekauft, eins in der Queen Elizabeth Hall und eins in der Wigmore Hall, zu dem auch die Schubert-Sonatine gehört, die er bei seinem Vorspiel präsentiert.« Mark ist Julies Sohn.

Muss er eines Tages erfahren, dass Julie seine Mutter ist? Mrs. Frenchs Bruder Gerald Curry und seine Frau glauben es eher nicht, aber sie sind auch nicht vehement dagegen. Er ist seit seiner Geburt bei ihnen. Die Liebe zwischen den dreien ist so offensichtlich, so tief, dass es falsch wäre, das in irgendeiner Weise zu ändern. Auch um der heiligen Wahrheit willen nicht. Sie sagen, es ist unausweichlich, dass man es ihm eines Tages sagen muss. Dass er Liebe und Verständnis erwarten wird, wie Elizabeth sagte, die nicht gegeben werden können. Aber noch nicht … Wie war es am Anfang? Folgendes schrieb ich für Hester über den Tag, als ich die Currys kennenlernte. Hester hatte eigentlich mitkommen wollen, aber sie musste zu einer Behandlung ins Krankenhaus. Seit ihrer Operation geht es ihr viel besser, sie ist jedoch nicht »dauerhaft geheilt«, wie sie mir sagt und dann hinzufügt: »Aber wer ist das schon?«

*

Sie wohnten in einem abgelegenen Cottage und empfingen mich in einem kleinen Wohnzimmer mit Blick aufs Meer. Es war nicht weit weg von der Stelle, wo wir an jenem und an anderen Tagen picknickten. Sie standen links und rechts von mir, als ich aufs Wasser hinunterschaute: grau und glatt, aber der Regen zog von Westen heran, und ein Wind wühlte es zu weißen Spritzern auf. Zuerst sagten sie wenig, und als wir uns setzten, schauten sie einander an. Es war für Gerald das Signal zu beginnen. Sie sprachen sehr ähnlich, mit der gleichen langsamen Nachdenklichkeit. Inzwischen waren sie in Rente, aber beide waren Lehrer gewesen, die Zeit ihres Lebens ihre Worte mit Bedacht gewählt hatten. Ihre vorherrschende Sorge galt meinen Gefühlen, wie es auch für ihre Schüler gegolten hatte. Hin und wieder schauten sie einander an, um sich zu versichern, dass sie mit einer Stimme sprachen.

Anfangs ließen sie mich wissen, dass sie meine Kolumne regelmäßig sähen und auch einige meiner Bücher gelesen hätten. Sie zeigten mir großen Respekt. Es war mehr als nur gute Manieren. Wie wenig ich das in meinen Augen verdient hatte! So waren die Menschen, für die ich schrieb: anständige und gottesfürchtige Leute, so nannte man sie früher. Mich überwältigte das Gefühl, ihrer unwürdig zu sein.

Als Mrs. French Julie zu ihnen gebracht hatte, war sie für eine Woche geblieben. Als sie sich verabschiedete, ging Julie mit ihr den Gartenpfad hinunter und winkte ihr am Tor nach. Es gab keinen Abschiedsschmerz, mit Sicherheit keine Tränen. Danach ging sie in ihr Zimmer, hörte Musik und kam zum Tee wieder herunter. Als sie sich nach Mrs. Frenchs Zuhause und ihren Kindern in Calgary erkundigten, schien sie kaum zu wissen, was sie meinten.

Sie hatten bald aufgehört, sie nach Leuten zu fragen, die sie in England kannte, nach ihrer Familie. So ruhig sie normalerweise war, so erregt wurde sie dann. »Niemanden«, sagte sie. »Niemanden.« Die Nachrichten im Fernsehen regten sie ebenfalls auf, also schalteten sie das Gerät ab, wenn sie ins Zimmer kam. Einmal hatte sie auf eine Reportage über Hungerhilfe in Äthiopien gedeutet, kurz gelächelt, »mein Vater« gesagt und sich dann abrupt umgedreht. Von ihrem Hausarzt wurde sie an einen Psychiater im Krankenhaus überwiesen, der sie für weitere Untersuchungen einbestellen wollte. Wieder hatte die Befragung sie betrübt, und sie schaute sich um, als suche sie nach einem Fluchtweg. Sie warteten vor der Tür, und sie schien erleichtert, sie zu sehen. Umarmungen gab es keine. Hatte es nie gegeben.

Sie redete sehr wenig und blieb am liebsten in ihrem Zimmer. Sie wirkte immer ein wenig benommen, half hin und wieder im Haus oder machte lange Spaziergänge. Eines Tages erhielten sie einen Anruf von einem Nachbarn, der sagte, er hätte sie am Strand auf und ab gehen sehen, als hätte sie etwas verloren. Sie dachten, sie hätte vergessen, wie sie nach Hause kommt. Aber dann trafen sie sie auf dem Pfad, sie war bereits auf dem Rückweg, und es war, als hätte sie sie erwartet. Den Nachbarn sagten sie, sie sei eine entfernte Verwandte, die bald wieder abreisen werde. Dann hielten sie inne und schauten einander an, um sich abzustimmen, wer weitersprechen sollte. Elizabeth hatte eine Klosterschule besucht, die inzwischen ein Heim war. Einige Ordensschwestern waren dort geblieben, und sie hatte Kontakt mit ihnen gehalten.

Sie zeigte mir ein Foto, auf dem Julie zwischen ihnen in der Werkstatt steht. Es wurde vor etwa fünf Jahren aufgenommen. Es war ein schlechtes Foto, und sie war kaum wiederzuerkennen. Ihre lockigen, goldenen Haare, die ihr bis zu den Schultern gereicht hatten, waren jetzt glatt und grau und kurz geschnitten. Ihre Hand lag auf ihrer Brust, und ich erwähnte es. Die Geste habe etwas Unterwürfiges, sagte ich. »O nein«, erwiderte Elizabeth. »Eigentlich wollte sie ihr Gesicht bedecken. Sie wollte kein Bildnis von sich selbst. Einmal vergaß sie, ein Handtuch wieder wegzunehmen, das sie über den Badezimmerspiegel gehängt hatte.« Sie gaben mir das Foto, das ich hier beifüge.

Während sie mir das alles erzählten, spielte jemand in einem oberen Zimmer sehr gekonnt Geige. Es sei ihr Sohn, berichteten sie mir, der gerade seine Prüfung für die weiterführende Musikausbildung bestanden habe. Das Spiel hörte auf, und der Junge kam zu uns. Er war schüchtern und sehr höflich, streckte mir die Hand entgegen und fragte mich, ob ich eine gute Reise gehabt hätte. Sie schauten ihn mit großem Stolz an. Elizabeth legte ihm den Arm um die Schultern und bat ihn, Tee für uns zu kochen. Während er nicht im Zimmer war, baten sie mich, am nächsten Vormittag noch einmal wiederzukommen, da sei er in der Schule. Was für gute Menschen: eine natürliche, direkte Rücksichtnahme. Menschen, bei denen man im Augenblick des Kennenlernens sofort weiß, dass man ihnen absolut vertrauen kann. Weit entfernt von jenen, unter denen ich meinen Lebensunterhalt verdiene, von denen ich deswegen abhängig bin. Ich muss jetzt meinen Artikel fürs Wochenende entwerfen. Muss ich wirklich noch mehr sagen über Abgeordnetenspesen, die bevorstehende Wahl, die Finanzkrise, das Versagen der Regierung, die Schwäche der Opposition – über irgendwas …?

Nach einer stürmischen Nacht klarte das Wetter wieder auf. Bevor sie mir den Rest der Geschichte erzählten, standen wir eine Weile am Fenster und schauten aufs Meer hinaus, das wieder ein wenig aufgewühlt war und von der Sonne beschienen, aber auch von dunklen Flecken durchzogen, da der Wind die Wolken schnell darüberwehte. Sie sagten, dass Julie oft hier stand und ab und zu auf die Spaziergänger und Badenden und die spielenden Kinder deutete. Ihre Lippen bewegten sich dabei, und sie schien mit ihnen zu reden, sie zu ermutigen. Aus ihrem Zimmer schaute sie stundenlang hinaus. Wenn sie ausgingen, sahen sie sie oft am Fenster stehen und winkten dann, aber sie reagierte nie.

Wir saßen vor dem Feuer, sie boten mir Kaffee an und erzählten mir den Rest. Nach drei Monaten erkannten sie, dass Julie schwanger war. Sie wurde noch geistesabwesender und distanzierter als sonst. Manchmal saß sie lesend bei ihnen, und ihre Hände ruhten auf ihrem Bauch. Es war, als wollte sie ihr Kind vor der Welt beschützen. Aber welche Welt war das? Die Bücher, die sie las oder anschaute, drehten sich vorwiegend um Kunst. Sie studierte die Illustrationen, fuhr die Umrisse manchmal mit dem Finger nach oder bewegte das Buch, um einen besseren Lichteinfall zu bekommen. »Wenn sie das tat, wirkte sie besonders zufrieden«, sagte Elizabeth. »Stundenlang konnte das gehen. Na ja, es ist eine unendliche und wunderschöne Welt, nicht, da kann man gut sein Leben drin verbringen.« »Das«, fügte Gerald hinzu,

»und das Musikhören …« »Eine Art ewiger Überfülle«, sagte Elizabeth.

Sie tat alles, was sie von ihr verlangten, sofort und ohne Murren. Sie putzte und wusch das Geschirr und konnte einige einfache Gerichte kochen. Sie sagte kaum mehr als »ja« und nickte. Lob bedeutete ihr wenig, dennoch erwartete sie es und wirkte noch verlorener als sonst, wenn sie sich etwas Zeit ließen, ihr für diese oder jene Arbeit zu danken. Die Arbeit war für sie mehr als nur eine lästige Pflicht, die man am besten hinter sich brachte … Manchmal sagte sie etwas ganz Selbstverständliches wie etwa »Ich wasche das Geschirr« oder »Heute ist es zu nass, um spazieren zu gehen«. Aber das war's dann auch schon wieder.

Schwester Boniface, die Oberschwester des Heims, war sofort einverstanden gewesen, Julie aufzunehmen, damit sie dort ihr Kind bekommen konnte. Sie brachten sie mehrmals dorthin, um sie daran zu gewöhnen. Es war ein weiterer Ort, wo die Menschen nett zu ihr waren. Schwester Boniface und die anderen Nonnen hatten nicht den geringsten Zweifel. Sie bekam ein kleines Zimmer für sich. Sie konnte beim Putzen oder in der Küche helfen. Das wäre eine zusätzliche Segnung, sagte Schwester Boniface.

Sie hatten für Bücher und einen CD-Player in ihrem Zimmer gesorgt. Sie hängten ihr zwei Reproduktionen an die Wand: einen Botticelli und einen Fra Lippo Lippi. Sie schien sich mit ihrem Umzug augenblicklich abgefunden zu haben. Es gab keinen innigen Abschied. Sie öffneten die Arme, um sie zu drücken, aber sie kam nicht auf sie zu. Also gingen sie zu ihr und hielten sie zärtlich zwischen sich. Es machte sie froh, lange so gehalten zu werden, und sie schaute von einem zum anderen mit einem Ausdruck, den sie nicht interpretieren konnten. Es war keine Leere. Es war keine Gleichgültigkeit. Sie lächelte. Aber es lag keine Liebe darin. Keine Angst vor der Trennung. Da war ein flüchtiger Ausdruck der Sehnsucht, als wollte sie mehr, als sie hier finden konnte. »Vielleicht haben wir uns das nur eingebildet«, sagte Elizabeth. »Ich konnte meine Tränen nicht vor ihr verstecken.« »Ja«, fügte Gerald hinzu. »Aber dann hat sie sehr kurz die Hand gehoben und dir eine Träne von der Wange gewischt, nicht, Darling?« Sie nickte. »Unglücklichsein mochte sie nicht.« »Ja«, erwiderte er. »Das ist es. Wenn sie auf den Strand hinunterschaute, hatte sie dasselbe Lächeln, weil sie in der Entfernung andere glücklich sah.«

Sie besuchten sie einmal im Monat. Sie schien sich zu freuen, sie zu sehen, aber so, als kämen sie jeden Tag. Sie saß da mit den Händen auf dem Bauch und schaute ab und zu auf ihn hinunter. Genau das wollte sie sie sehen lassen. Es war, als hätte sie beschlossen, dass es das Kind der Currys sein sollte. Oder sie wollten es zumindest glauben. Schwester Boniface sagte nur, was für ein wunderbarer Mensch sie sei und was für eine große Gnade es sei, dass in ihrer Mitte ein Kind geboren werde. Es fiel kein Wort darüber, dass Julie und ihr Kind in der Obhut des Herrn seien. So war einfach der natürliche Lauf der Dinge. »Wir warteten auf selbstgerechte Worte«, sagte Gerald. »Aber es kamen keine. Kein einziges.« »Ich schätze, sie alle wussten, dass keiner von uns gläubig war«, erwiderte Elizabeth, »ich bin vom Glauben abgefallen, wenn auch vielleicht nicht ganz.«

Sie wollten mich wissen lassen, dass das alles gar nicht so wichtig war. Ich hatte leicht verwundert den Kopf geschüttelt. Vielleicht dachten sie, ich würde die Konstellation missbilligen, weil ich ein antireligiöses, bezahltes Mitglied der Dawkins-Brigade sei. Dass sie schlecht gehandelt hätten, indem sie Julies Ungeborenes in die Obhut solcher Betrüger gegeben hatten. Gerald fragte, ob ich vielleicht gläubig sei. Wieder schüttelte ich den Kopf und sagte dann: »Aber ich habe keine Ahnung, was das mit so offensichtlicher Güte zu tun haben soll.«

»Als das Baby auf die Welt kam, war es ganz einfach«, sagte Elizabeth. »Er war die Vollkommenheit selbst, von Anfang an.« Gerald unterbrach sie. »Wir waren kinderlos, wissen Sie. Wir wollten Kinder, verzweifelt. Doch das sagten wir einander kein einziges Mal. Wir beteten, tut mir leid, das ist das falsche Wort, dass Julies Kind unseres wäre. Wir konnten uns selber nicht eingestehen, dass wir es ihr wegnehmen wollten. Aber das war auch nicht nötig …«

Schwester Boniface war bei der Geburt dabei gewesen. Sie sagte ihnen nur, dass es keine großen Schmerzen gegeben habe, dass das Kind eine Gnade, ein Wunder sei. Falls Julie gelitten hätte, so hätte sie es ihnen vielleicht nicht gesagt – vielleicht wollten sie aber auch mich schonen. Sie hatten gefragt, ob Julie irgendetwas gesagt, ob sie eine Spur von Glück habe erkennen lassen. »Ich kann nicht sagen, ob es Glück war«, hatte sie geantwortet. »Aber sie lächelte auf das Baby hinunter, das auf ihrem Bauch lag, und sagte, es sei ins Leben gekommen für all die anderen.« Schwester Boniface schien neugierig gewesen zu sein, was sie damit meinte. Doch sie hatte nicht gefragt, und auch die Currys hatten es nicht gewusst.

Da stand ich auf und ging zum Fenster. Weißt du noch, Hester, was sie in dem letzten Brief geschrieben hat, den ich dir schickte? Wir wissen es, nicht?

Für eine Weile waren die Currys zu mitgenommen, um etwas zu sagen. Elizabeth holte neuen Kaffee, während Gerald unter irgendeinem Vorwand das Zimmer verließ. So war ich allein. Ich hatte ihren Sohn kennengelernt, hatte sein übersprudelndes Talent gehört, seine Höflichkeit erlebt. Ja, und hatte auch seine Gesichtszüge gesehen, seine Bereitschaft zum Lächeln, seine wachen, blauen Augen. Ich hatte Julie in ihm gesehen. Er war wunderschön. Unser Neffe. Diese Musik war förmlich aus ihm herausgeflossen.

Als sie das Baby zum ersten Mal besuchten, hielt Julie es, wie sie es so oft auf Gemälden gesehen hatte. »Sie sah sich selbst in ihnen«, sagte Gerald. »Nein, mein Lieber«, erwiderte Elizabeth. »Das wollen wir nur glauben. Sie schaute auf den Jungen hinunter, als hätte man ihn ihr für eine Weile zum Halten gegeben.« Julie hatte das Baby hochgehoben, es einmal auf die Stirn geküsst und es ihnen dann mit ausgestreckten Armen überreicht. Sie hatte sie mit einem verwirrten, suchenden Ausdruck angeschaut. Und dieser Ausdruck hatte sich nie wirklich verändert – als würde sie darauf warten zu begreifen, nicht, wer sie waren oder was sie hier machten, sondern etwas begreifen, das jenseits von ihnen lag. Sie übergab ihr Kind, nicht ihnen, sondern seiner eigenen Zukunft, wie immer die auch aussehen mochte. Das waren die Dinge, die sie einander im Lauf der Jahre gesagt hatten. Dinge, die sie glauben wollten. »Vielen Dank«, hatte sie gesagt. Das war alles. Schwester Boniface sagte, nachdem das Kind weggebracht wurde, hätte sie nicht gesprochen. Sie suchte nicht nach ihm. Schwester Boniface hatte gefragt, ob sie das Baby noch einmal wiedersehen wolle, und sie hatte geantwortet, sie werde am Strand nach ihm Ausschau halten, ob er dort vielleicht spiele.

Sie hatten sie sehr oft besucht. Zunächst hatten sie das Kind immer mitgenommen. Sie hatte den Jungen einige Augenblicke gehalten, ihn aber dann zurückgereicht, als hätte man ihn ihr nur für eine Weile zum Aufpassen gegeben oder als wäre er für jemand anderen gedacht.

Sie sagten mir, dass Julie mit ihrem Leben zufrieden zu sein schien. Ganz in der Nähe war eine Betreute Werkstatt, wo Leute ein Zimmer und einen kleinen Arbeitsplatz erhielten. Es gab auch einfache Mahlzeiten. Julie lernte dort Handarbeit und Sticken und entwickelte Muster, die sie aus Gemälden kopierte. Es war nur eine halbe Meile entfernt, und sie ging selbständig dorthin.

Schließlich wurde ihnen gestattet, den Jungen zu adoptieren, und so wurde er ihrer. Sie brachten ihn weiterhin zu Julie, aber nachdem sie eines Tages nach ihm gegriffen und er zu weinen angefangen hatte und dasselbe dann noch ein zweites Mal passierte, beschlossen sie, ihn nicht mehr mitzunehmen. Bei ihrem nächsten Besuch schaute sie an ihnen vorbei, als würde das Kind hinter ihnen kommen. Dann schüttelte sie den Kopf, bevor sie ihnen ihre neuesten Stickereien und ein Buch, das sie sich ausgeliehen hatte, zeigte. Sie hätten irgendjemand sein können, zufällige Besucher, die sich für ihre Arbeit interessierten. Die Sachen wurden auch regelmäßig verkauft, um die Kosten für ihr Zimmer und die Mahlzeiten zu decken. Nach ihrem Kind suchte sie nie mehr.

Du wirst sie bald kennenlernen, Hester, diese guten Menschen. Ich hoffe, auch den Jungen. Wir haben jetzt eine Familie. Du wirst mit eigenen Augen sehen, dass trotzdem alles einen guten Ausgang genommen hat.

*

Kaum hatte Hester meinen Bericht erhalten, besuchten wir beide sie zum ersten Mal. Schwester Boniface begrüßte uns, und als wir uns bei ihr bedanken wollten, legte sie die Hände aneinander und sagte: »O nein, *wir* dürfen uns glücklich schätzen, es ist ja eine solche Gnade, sie bei uns zu haben. Sie hat uns so viel gegeben.« Darauf blieb nicht mehr viel zu sagen. Wir waren höchst willkommen, fühlten uns aber wie Eindringlinge in einer Welt, in die Julie gehörte und wir nicht. »Schwester Boniface bringt einen Großteil ihres Lebens im Gebet zu«, sagte Hester später. »Sie ist nicht wirklich hier.« Ich erwiderte, falls Anderweltlichkeit ein Begriff dafür sei, dann sei das jetzt auch ein Wort für Julie. Die Welt, die wir bewohnten, hatte sie weit, weit hinter sich gelassen.

Ich kann mir nicht vorstellen, wie schockiert wir gewesen wären, wenn wir das Foto nicht gesehen hätten. Sie war in ihrem kleinen Atelier in der Betreuten Werkstatt. Wir standen in der Tür und sahen, wie sie sich auf ihre jüngste Stickarbeit konzentrierte. Sie hatte uns nicht bemerkt. »Das ist Mutter«, flüsterte Hester. »Mit ihrer Nähmaschine.« Sie fasste kurz nach meiner Hand. Nach all diesen Jahren war hier nun Julie, unsere Schwester. Sie schaute kurz zu uns hoch, dann wieder auf ihre Arbeit. Wir waren so gut wie nicht vorhanden. Aber dieser eine Blick! Ihr Gesicht war rundlicher geworden, und die grauen Haare ließen sie streng wirken, aber die Augen leuchteten kurz auf, als hätte sie all die Jahre auf uns gewartet; wo wir denn gewesen wären, dass wir sie einfach so allein gelassen hätten, aber jetzt ... Das alles, na ja, wir konnten in diesen flüchtigen Blick hineinlesen, was wir wollten, während wir sie von der Tür aus beobachteten.

Wir waren in Begleitung des Aufsehers, und Julie dachte vielleicht, er würde uns herumführen. Während er mit uns sprach, hielt sie ihre Stickerei in die Höhe, auf der ein fasanenähnlicher Vogel in herbstlichem Laubwerk dargestellt war. Wir bewunderten die Arbeit, und sie machte weiter.

Draußen gingen Hester und ich schweigend zu einem kleinen See. Wir stützten uns auf den Zaun und schauten den Enten zu. »Wir hätten es ihr sagen sollen«, sagte Hester. »Wir hätten zu ihr gehen und sagen sollen: ›Wir sind es. Johnny und Hester.‹« Ich antwortete nicht. Es war nicht nötig. Sie hatte angefangen zu weinen. Ich war froh, dass ich ihr das Foto geschickt hatte. »Sie ist unterwegs auf einer langen Reise, und sie wird nie wieder zurückkehren«, war alles, was ich schließlich herausbrachte.

Auf der Rückfahrt nach London besprachen wir, was wir mit ihr tun sollten. Die Currys hatten mir gesagt, dass alle Versuche der Psychiatrie »sie nicht erreicht hatten«. Sie sei ausgesprochen höflich gewesen, habe jedoch offensichtlich nichts von dem verstanden, was man ihr gesagt hatte. Sie habe nicht einmal genickt oder den Kopf geschüttelt. Es war, so hatten es die Currys mir gesagt, als würden die Stimmen aus einer anderen Welt kommen. Als wäre eine Grenze überschritten worden, und das Land hinter ihr läge in ewiger Dunkelheit. »Ist mir egal«, protestierte Hester. »Sie ist meine Schwester. Ich hole sie zu mir.«

Und das ist der Grund, warum Julie jetzt hier ist. Ich werde den Rest des Abends mit den beiden verbringen, bevor ich Julie morgen wieder zurückfahre. Ich werde mir noch einige CDs von Hester leihen und vielleicht ein Buch, das sie mit ihrer so typischen langsamen Intensität durchblättern kann. Auf der Herfahrt hatte sie meistens die Augen geschlossen, und ich hatte keine Ahnung, ob sie schlief.

Bin jetzt wieder in meinem Zimmer. Julie half beim Aufdecken und Abräumen des Tisches. Sie aß mit Appetit und sagte: »Das Essen hat mir sehr gut geschmeckt, vielen Dank.« Hester fragte sie nach ihrer Arbeit in der Werkstatt, und sie sagte uns, sie sei ziemlich schwierig und erfordere viel Zeit. Sie schaute uns nicht an, wenn sie redete. Es war, als würde sie mit sich selber sprechen, es ihr aber nichts ausmachen, wenn man mithörte. Ihre Stimme war früher so variantenreich gewesen, zugleich flüssig und sprachlos, als würden die Gedanken ihr dauernd davonlaufen. Das Wenige, was sie jetzt zu sagen hatte, wurde neutral und bewusst gesprochen, als würde sie sich genau daran halten, wie andere ihr zu reden beigebracht hatten. Wie korrekt sie war, die Unkorrekteste von allen! Und was von der alten Julie erkannten wir noch in ihr? Natürlich den Klang der Stimme selbst, ihre leichte Heiserkeit. Ansonsten war das Kind wieder da, die niedergeschlagenen Augen, wenn sie sich große Mühe gab, ihr bestes Benehmen zu zeigen, um irgendwie den Zorn unseres Vaters zu vermeiden. Schweigen als Zuflucht, nicht Tränen.

Hester erzählte mir, dass Julie, als sie sie bei ihren verschiedenen Besuchen begleitete, nicht im Auto hatte sitzen bleiben wollen. Vielleicht hatte sie aber auch ganz einfach angenommen, dass Hester nicht allein in die Welt hinausgehen wollte. Sie hatte an diesem Tag drei Häuser besucht und immer erklärt, Julie sei eine Freundin, die ihr Gesellschaft leiste. Im ersten Haus sagte die Frau, sie hätte jetzt gern eine schöne Tasse Tee, und sofort war es Julie, die, ohne jede Aufforderung, in die Küche ging. Auch in den anderen beiden Häusern kochte sie Tee. Ansonsten saß sie am Rand des Zimmers in einem Sessel und schaute sich die vorhandenen Bilder an. Hester wusste nicht, ob Julie mitbekam, was sie redeten. Oder überhaupt darauf achtete. Außerdem, was konnte andere an irgendeiner dieser Unterhaltungen interessieren: das kalte Wetter und die Heizung, die Zipperlein, ein Gerät, das nicht richtig funktionierte? Oder irgendein Verwandter, der vielleicht in Kürze zu Besuch kam oder schon lange nicht mehr da gewesen war. Oder irgendeine Erledigung, etwas, das man aus den Läden holen musste. Oder wie man über die Runden kam, wenn die Rente nicht mehr so weit reichte wie früher. »Ich konnte es Julie kaum verdenken, dass sie sich für das alles nicht interessierte«, sagte Hester, und ihre beiläufige Art war plötzlich ein Zeichen ihres Schmerzes.

Als sie Henry besuchen gingen, inspizierte Julie sofort den Zierrat auf seinem Fensterbrett. Sie nahm den Tiger zur Hand, der zwischen der Schäferin und anderem Landvolk stand, und schaute ihn stirnrunzelnd an. Er griff nach Julies Händen und sagte: »Na, Gott sei's gepriesen, wen hast du mir denn da heute gebracht, meine liebe Hester? Dieses wundervolle Mädchen an einem klaren Wintermorgen oder -nachmittag oder was immer es ist. Kannst bei mir einziehen, wann immer du Lust hast, Herzchen. So was wärmt einem das alte Herz!« Ich fragte, wie Julie darauf reagiert hatte. »Sie riss die Augen auf und sah beunruhigt aus, aber sie versuchte nicht, die Hände wegzuziehen. Sie sagte einfach nur zwei- oder dreimal, dass es ihr leidtue. Ich glaube, sie meinte das ernst. Sie wollte ihn nicht enttäuschen, niemanden. Ihr Lächeln war anders, und ich dachte schon, sie würde gleich laut auflachen. Ein Aufblitzen der alten Neugier. Doch der alte Henry machte dann weiter mit seinen gewohnten resignierten, aber lustigen Beschwerden und schloss wie immer mit dem Spruch: ›Wenn du keine Witze ertragen kannst, hättest du nicht kommen sollen.‹ Als wir das Heim verließen, drehte Julie sich um und schaute in die Richtung, in der sein Fenster hätte sein können. Wenn er gewinkt hätte, wer weiß, vielleicht hätte sie zurückgewinkt.« Wenigstens gab es etwas, worüber Hester lachen konnte.

Es war eine lange Rückfahrt, aber die Straßen waren einigermaßen frei. Julie hörte Musik, blätterte in einem Buch über Renaissancemalerei und starrte zum Fenster hinaus. Während es dunkel wurde, sah sie dort schwach das Spiegelbild ihres Gesichts, es leuchtete kurz auf und verschwand wieder im Licht der Häuser und Gebäude und der Autos des Gegenverkehrs. Nichts Markantes. Was sah sie? Die Vergangenheit, die kurz aufflackerte und gleich wieder verlosch, ihr eigenes Gesicht, flüchtige Erinnerungen, die Vergänglichkeit des Lebens, die wunderbaren Gemälde, das drohende Vergessen? Woher sollte man das wissen? Einmal, an einer roten Ampel, schaute ich sie über die Schulter hinweg an. Sie lächelte mich an. Ich wollte glauben, dass es aus einem Erinnern heraus geschah. Vielleicht vermittelte ich ihr auch einfach nur ein Gefühl der Sicherheit in dieser blendenden, dämmernden Verwirrung der Dinge.

X

So ist es. Wegen der bevorstehenden Wahl habe ich den Auftrag für eine weitere Kolumne erhalten. Es gibt Radio- und Fernsehsendungen, zu denen ich eingeladen bin. Am Abend soll ich an einer Studiodiskussion teilnehmen. »Quasselköpfe« nennt man uns manchmal. Ich darf nicht klingen, als hinge mir das alles zum Hals heraus. Ich muss meine Verachtung verstecken. Ich darf nicht hämisch sein. Ich muss denen Respekt erweisen, die uns repräsentieren könnten. Unsere Demokratie ist alles, was wir haben. Sie sind alles, was wir haben. Wir sind nicht so exponiert wie sie. Man zeigt einen gewissen Mut, wenn man sich darauf einlässt, verspottet und beschimpft zu werden. Die Befriedigung des Ehrgeizes und des Machterwerbs ist dafür selten eine anhaltende oder ausreichende Entschädigung. Ich muss die ätzende Kritik und die Überheblichkeit und die Unhöflichkeit aus meiner Stimme, aus meinen Gedanken drängen. Es ist die Zeit des Zynismus, die uns das allgemeine Vertrauen ausgetrieben hat. Wir müssen lernen, nach dem Besten in den Menschen zu suchen. Es gibt ein moralisches Hinterland. Sonst wären der Spesenskandal, die nackte Gier der Banker und dergleichen nicht so überraschend für alle gekommen. So habe ich früher gesprochen und gedacht. Ich bezweifle, ob meine Leser, mein Redakteur wollen, dass ich anfange, über all die Güte, all den guten Glauben auf dieser Welt zu schreiben. Das Echo in der Luft kommt vom Jammern und der Blasiertheit. Applaus würde uns wenig Freude bereiten. Ich kann mich auf Hester verlassen, dass sie mich in die Schranken weist, wenn ich zu viel schwadroniere. Auf Sheila ebenfalls.

Ich schrieb Mrs. Hayes einen kurzen Brief, um ihr zu sagen, dass Julie bei guter Gesundheit und bestens versorgt sei. Ich schrieb, dass sie glücklich sei. Ich schrieb, dass Julie sie mit »lieben Erinnerungen« herzlich grüßen lasse. Die Wahrheit ist nicht immer heilig. Etwa einen Monat später erhielt ich von ihren Nachbarn ein kleines Paket mit diesem Brief:

Lieber Mr. Bridgewell,
mit großem Bedauern müssen wir Ihnen leider mitteilen, dass Mrs. Hayes vor einigen Wochen von uns gegangen ist. Sie freute sich wirklich sehr über Ihren Brief über Julie und auch darüber, sie gesund und glücklich zu wissen. Gegen Ende ging es ihr ziemlich schlecht, und sie bat uns, Ihnen das Beigefügte für Julie mit ihrer ganzen Liebe zu senden. Sie war eine sehr nette Dame, die sechsundzwanzig Jahre lang unsere Nachbarin war.

Wir vermissen sie zu sehr. Bitte grüßen Sie Julie auch von uns recht herzlich.
Mit freundlichen Grüßen
Brenda und Stanley Coates

Die Geschenke waren eine CD mit einer Aufnahme von Schuberts *Der Tod und das Mädchen* und die *Selected Poems* von Dylan Thomas, zu denen auch »Fern Hill« gehörte. Als ich beides Julie gab, sagte ich ihr, wer es geschickt hatte. Sie blätterte in dem Buch, hielt inne, als sie »Fern Hill« erreichte, und fuhr etwa eine halbe Seite lang die Zeilen mit dem Finger nach. Dann klappte sie das Buch zu, drückte es sich einen Augenblick lang an die Brust und legte schließlich die CD ein. Sie schloss die Augen und lauschte der Musik in einem Zustand äußerster Stille und Ruhe. Ich dachte, vielleicht will sie mich nicht mehr hier haben, wenn sie die Augen wieder aufschlägt, und ging deshalb.

Ich brachte Sheila zu Julie. Es war Anfang Frühling, auf Bäumen und in Hecken sprossen die ersten Knospen. Da sie das Foto nicht gesehen hatte, war sie im Gegensatz zu Hester und mir nicht vorbereitet. Julie war genau so, wie Hester und ich sie beim ersten Mal gesehen hatten – sie saß über ihre jetzt beinahe fertige Stickerei gebeugt. Sheila stürzte auf sie zu, rief »Julie«, umarmte sie und beugte sich zu ihr, um ihr einen Kuss auf die Wange zu drücken. Julie wich zurück und wandte ihr Gesicht ab, die Hände noch immer über der Stickerei. Dann fingen ihre Finger langsam wieder an, sich im stetigen Rhythmus des Stickens zu bewegen. Ich hatte einen Augenblick des Entsetzens gesehen, jetzt aber war ihr Gesicht wieder friedlich. Auch Sheila war nur irgendeine Fremde, die hier war, um ihre Arbeit zu sehen. Sie hielt den Rahmen leicht schräg, so dass wir sehen konnten, welche Fortschritte sie machte. Die raffiniert komponierte Stickerei war von einer vielfarbigen Lebendigkeit, der Paradiesvogel war fertig, das Herbstlaub um ihn herum nahm Gestalt an. Sheila hatte sich hinter mich gestellt, als ich einen Schritt näher trat, um mir die Arbeit genauer anzusehen und sie irgendwie zu loben. Als ich mich wieder umdrehte, war Sheila verschwunden.

Draußen saß sie, das Gesicht in den Händen, auf einer Steinmauer. Ihre Schultern bebten, und als ich mich näherte, hörte ich sie schluchzen. Ich setzte mich neben sie und legte ihr den Arm um die Schultern. Eine Weile saßen wir schweigend da, bis das Schluchzen nachließ. Sie drückte sich enger an mich, legte ihren Kopf auf meine Schulter. Ich glaube, in diesem Augenblick beschlossen wir beide, irgendwann einmal zu heiraten.

Auf der Rückfahrt redeten wir nicht über Julie. Wir trauerten. Ich hatte sie vorgewarnt, dass Julie sie möglicherweise nicht erkennen würde. Aber ich hatte sie nicht genug auf ihr Aussehen vorbereitet, die Distanziertheit ihres Blicks, die Ausdruckslosigkeit ihres Gesichts, die Abwesenheit von Leben … Seitdem versuchen wir, die richtigen Worte dafür zu finden, was aus ihr geworden ist, suchen irgendeine Verbindung zu dem, was sie einmal war, um uns selber zu trösten. Einmal stellten wir übereinstimmend fest, dass wir uns vorstellen konnten, mit ihr zusammen in die Werkstatt zu fahren. Wir konnten uns vorstellen, wie sie zu der stillen Frau ging, die über ihre Stickerei gebeugt saß, und ihr mit einem Auflachen sagte, sie solle sich ranhalten, damit wir alle einen Spaziergang machen könnten, um Appetit zu bekommen für ein wundervolles Abendessen… Wir konnten uns vorstellen, wie sie ihr auf die Beine half, sich bei ihr unterhakte und sie hinaus ins Licht führte. Wir konnten uns die alte Julie so gut vorstellen – dass sie eines Tages zurückkommen und sich entschuldigen würde, weil sie so ein Dummerchen gewesen sei, und dass das Leben wieder so werden würde wie früher, ohne den ganzen Unsinn.

Hin und wieder schwelgen Sheila und ich in dieser Phantasie, während Julie allein mit ihren Büchern und der Musik und der Handarbeit dasitzt. Wir können uns, auch nicht für einen Augenblick, zu der Behauptung durchringen, dass sie nicht völlig zufrieden sei mit ihrem Leben.

Sheila meint, das sei wohl das Ende der Fahnenstange. Experten waren konsultiert worden. Zwei haben sie besucht. Sie weigert sich, befragt zu werden. Oder genauer, sie schaut zum Fenster hinaus oder auf ihren Schoß und antwortet einfach nicht. Sie zeigt die Bilder in ihren Büchern, beschreibt mit großer Sorgfalt und Aufmerksamkeit die Details. Da liegt auch eine gewisse Zuneigung und Dankbarkeit darin, aber irgendwie aus großer Distanz. Man hat uns gefragt, ob man vielleicht ihr Hirn »scannen« solle, aber das steht ganz außer Frage.

Ich habe einen guten Freund, einen Neurologen, der ziemlich großspurig behauptet, dass wir, auf die eine oder andere Art, alle irgendetwas verdrängen. Wie viel gibt es doch, worüber wir lieber nicht nachdenken wollen: die Erinnerungen, die Verluste, die Kränkungen, das entsetzliche Leid der Menschen auf der ganzen Welt, den Tod selbst? Julie, sagt er, ist uns voraus in eine Welt gegangen, wo sie in Frieden leben kann. Sie lebt eine Art von jenseitigem Leben. Es ist voll unendlicher, unerschöpflicher Schönheit, in einer endlosen Welt der Phantasie mit ihrem unsäglichen Reichtum und ihrer Vielfalt. Was sie hinter sich gelassen hat, ist eine Welt ewiger Dunkelheit. (Er erinnert mich auch daran, dass die höchste Kunst koexistiert hatte mit dem äußersten Bösen. Er zitiert jemanden über die »Unverantwortlichkeit der Kunst«.) So weit, so gut. Und deswegen nicht gut.

Ich rief ihn gestern an. Er sagte, dass viele Kollegen ihm nicht zustimmen, sondern darauf bestehen, dass völlige geistige Gesundheit und »Ganzheit« immer das Ziel sein müsse. Er sei aber überzeugt, dass man sie in Frieden lassen sollte. »Vergiss nicht«, sagte er, »sie hat einmal versucht, sich das Leben zu nehmen, ein Leben, das nicht lebenswert war, aber sie wusste nicht, wie. Sie hat es auf ihre eigene Art getan. Aber das ist nicht mein Spezialgebiet«, fügte er ein wenig überheblich hinzu.

So redet er über Julie. Sheila, Hester und ich versuchen ähnlich zu denken, aber das lindert unseren Kummer nicht. »Wie heißt es?«, fragte Sheila. »Die uns vorausgegangen sind, um uns den Weg zu bereiten?« Sie erinnert mich an ihre Mutter, die, auch wenn sie noch gut bei Kräften ist, sagt, ihr Mann wird sie sicher erwarten, um ihr mit den Formalitäten zu helfen. »Auch wenn sie natürlich kein Wort davon glaubt.« Julie soll uns voraus auf die andere Seite gegangen sein? Irgendwie kann ich das nicht glauben. Und Sheila auch nicht.

Ebenso wenig Hester. Sie sagt, Julie muss noch einmal zu ihr kommen, sie auf ihren Runden begleiten, im Gemeindezentrum ein bisschen beim Kochen und Abwaschen helfen. »Dazu ist sie durchaus in der Lage«, sagte sie. »Warum denn nicht? Und außerdem hat Henry nach ihr gefragt. ›Wir brauchen frisches Blut in diesem gottverlassenen Laden‹, sagt er. Julie mochte ihn doch, meinst du nicht? Wenn ich sie das nur selber fragen könnte.«

Die ersten Frühlingstage. Für ein oder zwei Tage konnte ich dem Wahnsinn der Wahlen entfliehen. Hester und ich fuhren mit Julie ans Meer. Schwester Boniface hat uns gesagt, dass das immer etwas ganz Besonderes für sie ist. Eines der wenigen Dinge, über die sie spricht.

Wir gingen zu dem Strandabschnitt, wo wir an jenem Tag mit Mutter und Vater gewesen waren, und zwar auf dem Pfad, der vom Bahnhof dorthin führt, obwohl er nun überwuchert und eher zu erahnen als zu sehen ist. Als wir den Dünenkamm erreichten und aufs Meer hinausschauten, wartete Julie nicht auf uns, sondern lief durch den Sand ans Ufer. Hester fasste mich plötzlich am Arm und sagte: »Schau!« Es war die alte Geschützstellung. Wir gingen zu dem Bau, der inzwischen von Gestrüpp und Gras fast überwachsen und mit weiteren zotigen Inschriften bedeckt war. Eine beträchtliche Anzahl von Mädchen und Jungen war im Lauf der Jahre hierhergekommen, um ihre unsterbliche Lust aufeinander auszudrücken. Wir suchten nach dem Tollkirschstrauch, aber er war verschwunden. Das Meer war so wie an jenem Tag in meiner Erinnerung, bewegt, aber ohne Gischtkronen, ein funkelndes Blaugrau, hin und wieder überschattet von dünnen, hohen Wolken. Ein warmer Tag für Anfang April. Am Horizont waren keine Schiffe zu sehen. Weit entfernt kreisten Möwen über dem kleinen Hafen im Westen.

Wir stiegen wieder auf den Kamm und schauten zu Julie hinunter. Sie warf Steine ins Wasser, wie wir es an jenem Tag getan hatten. Und wie an diesem Tag versuchte sie erfolglos, sie übers Wasser hüpfen zu lassen. Ich konnte mich noch gut an ihren Schrei erinnern: »Das ist nicht fair!«, weil Hester und ich flachere Steine fanden und oft Erfolg hatten. Julie hatte Steine genommen, die zu rund waren, und ich gab ihr einen flacheren, aber sie schaffte es trotzdem nicht. Jetzt gelang es ihr einmal, und ich hörte sie »Hurra« rufen.

Auf einem Rasenstück, das flachgetreten und abgenutzt war, blieben Hester und ich stehen und schauten uns an – vielleicht war das unser damaliger Picknickplatz. Julie bedeutete diese Stelle jetzt nichts mehr. Wenn Hester mich gefragt hätte, was ich denke, hätte ich nicht gewusst, was ich sagen sollte. Dass es genau hier und nur für einen Augenblick so war, dass das Unglück derjenigen, die ich liebte, nicht mehr ertragen werden konnte? War es nur wegen meiner Mutter, deren wunderbare Liebe für uns überlagert wurde von ihrem Leid, welches uns diese Liebe raubte? Hatte ich mich an Julies ständige Tränen wegen der Enttäuschungen, der unvermittelten Verletzungen erinnert? Hatte ich ihr mehr von alldem ersparen wollen? Doch ich musste gewusst haben, wie sehr sie ihn, trotz allem, liebte. Wie beständig und tolerant, wie unzerstörbar ist Tochterliebe! Bald darauf muss es mir erschienen sein wie eine kindische Narretei, ein Augenblick des Zorns, als ich entdeckte, wie beschränkt meine Macht ist. Denn er stand selbst kurz davor, uns sein Leben zu entreißen. Hatten Hester und ich damals schon gewusst, dass wir die Überlebenden sein würden?

Und seitdem? Ist es einfach so, dass ich ein Leben ohne jede vergleichbare Intensität der Zuneigung geführt habe, sie beiseitegeschoben, entleert habe, zugunsten einfacherer Bindungen, die leichter auszudrücken und deshalb beherrschbarer sind – an Ideen, an liebgewonnene Werte, die Vaterlandsliebe? Nein, falls Hester mich je fragen sollte, was ich an diesem Tag dachte, wüsste ich nicht, was ich antworten sollte. Aber sie wird es nicht tun, weiß sie doch inzwischen, dass unsere Zweifel und Fragen sehr ähnlich sind – man muss damit leben, würde sie sagen. Und was habe ich, wenn überhaupt, von ihm gelernt? Dass man diese giftige Mischung aus Grausamkeit und Charme meiden sollte? Dass man sich innerhalb der Grenzen bewegen sollte? Ich kann es nicht sagen. Vielleicht sagt es Sheila mir eines Tages.

Hester stellte sich neben mich. Ich hatte mein Jackett über der Schulter. Julie drehte sich um und starrte uns an. Kurz öffnete sich ihr Mund. Dann winkte sie und kam auf uns zu. Es schien sie einfach zu freuen, dass sie an diesem perlenden Frühlingstag mit uns am Meer sein konnte. Ihre Augen wurden größer, und sie lächelte, aber nachdenklich, wie in sich hinein. Plötzlich schaute sie auf das Gras und den Sand zu ihren Füßen, als hätte sie etwas verloren. Als sie bei uns war, und wir ihr in unserer Mitte Platz machten, ließ sie es zu, dass wir uns bei ihr einhakten. Hester fragte sie, was sie gesucht habe. Sie schüttelte den Kopf, spielte aber mit den Fingern an ihrer Taille. »Mutters Verlobungsring, vielleicht?«, murmelte Hester. Genau das hatte ich auch gedacht, aber nicht zu fragen gewagt. Denn jeder Hinweis auf die Kindheit betrübte sie immer. Sie schaute uns abwechselnd an. Später waren wir übereinstimmend der Meinung, dass es fast so war, als wüsste sie, wer wir waren. Fast. Diese großen blauen Augen, im Sonnenlicht jetzt etwas heller, schienen etwas jenseits dieser in sich versunkenen Leere zu bergen. Wir gingen über den alten Pfad zurück, nebeneinander und dicht beisammen, auch wenn wir immer wieder stolperten. Wir waren wieder die freundlichen, vertrauten Fremden geworden.

Julie schwieg auf der Rückfahrt zum Heim. Hester und ich plauderten, wie um unsere Gedanken zum Schweigen zu bringen. Wie gesagt, es waren wohl ziemlich dieselben – über Julies Unschuld und Sehnsucht nach Glück, wie sie, trotz allem, wollte, dass diese Tage der Kindheit ewig weitergingen; wie sie, in ihren eigenen Worten, wollte, dass alle immer glücklich sind. Sie konnte nie verstehen, warum es nicht möglich sein sollte. Wie schwach ihre Erinnerung auch sein mochte, eins konnte ihr nie genommen werden, das Gefühl, wie es damals war, hier an einem warmen Sommertag zusammen mit ihrer Familie. Unschuld. Bevor die Lieder der Erfahrung erklangen und allmählich alles andere übertönten. Vielleicht.

Hin und wieder drehten wir uns um und sagten etwas zu ihr, und sie lächelte uns an oder hatte zuvor schon gelächelt. Sie schien recht zufrieden zu sein, ihr Blick wirkte allerdings so abwesend wie immer – als würde sie etwas weit jenseits unseres Begriffsvermögens sehen. Vielleicht war es auch schlichte Freude, weil sie es endlich geschafft hatte, ein Steinchen über die Wasseroberfläche hüpfen zu lassen. Damals wünschte ich mir, und ich wünsche es mir jetzt, dass ich zu irgendwelchen Urteilen oder Schlussfolgerungen kommen könnte – worin ich ja angeblich so gut bin. »Klugscheißer. Weiß auf alles eine Antwort«, warf man mir früher vor. Fryes ganz normales menschliches Leben liegt vorwiegend im Schatten, entzieht sich uns immer, doch manchmal gleitet es auch ins Licht.

So ist es also. Wir werden weiter ab und zu mit Julie ans Meer fahren. Sheila wird mit uns kommen. Wir alle haben gesagt, dass wir irgendwie auch Mark gern dabeihätten. Eines Tages vielleicht. Die Currys haben ihre Zweifel. Mark ist ihnen sehr nahe. Auch das ist eine unzerstörbare Unschuld. Seine Erinnerung an Julie, als sie ihn als kleinen Jungen ins Heim mitnahmen, ist keine glückliche: eine bekloppte Frau mit einem komischen, leeren Blick in den Augen. Aber eines Tages? Natürlich. Es geht darum, dass die Wahrheit wichtig ist. Habe ich das schon gesagt? Die nicht so heilige Wahrheit. Nach der ich zu leben versucht habe. Und dabei oft versagt habe, wie es eben so ist.

Die Currys sind einige Monate vor Marks Geburt weggegangen und mit ihm zurückgekehrt, so dass niemand wissen konnte, dass er adoptiert war. Sie wollten nicht riskieren, dass er es zufällig herausfindet. Er ist ihr Kind.

Nächstes Wochenende werde ich wieder mit Julie zu Hester fahren. Nur ein oder zwei Tage. Hester will ihr ein besticktes Kissen abkaufen. Das ist der Zweck des Besuches, sage ich zu Julie. Sie erinnert sich an den letzten

Aufenthalt bei Hester. Sie erinnert sich sogar an Henry und fragt, ob sie ihn wiedersehen kann.

Hester hat sich von ihrem Krebs gut erholt. Ihr Leben geht seinen Gang. Wenn ich sie anrufe, reden wir nicht über Julie oder nur, um uns zu bestätigen, dass wir im Heim oder in der Werkstatt angerufen haben und es ihr gutgeht. Wir schicken ihr Bücher und CDs. Einmal im Monat besuchen wir sie gemeinsam. Schwester Boniface kommt immer zur Tür, um uns zu begrüßen, mit stets derselben unerschöpflichen Herzlichkeit. Dennoch kommen wir uns noch immer vor wie Eindringlinge, Besucher aus einer anderen, gröberen, raueren Welt.

Bei meinem letzten Besuch brachte ich ihr eine Aufnahme von Mark, auf der er zusammen mit seinem Lehrer bei einem Auftritt des Schulorchesters das Bachsche Doppelkonzert spielt. Die Currys hatten mich gebeten, ihr die Aufnahme zu bringen. Soweit ich das beurteilen kann, wird er eines Tages ein sehr guter Musiker werden. Julie hörte es sich sehr konzentriert an, sie hatte die Augen geschlossen und trommelte leicht mit den Fingern. Als wäre ich gar nicht da. Wie gerne hätte ich ihr gesagt: »Julie, das ist dein Sohn, der da spielt.« Als sie zum Largo kamen, kullerten ihr die Tränen aus den Augen. Kurz dachte ich, sie würde sich an eine zerkratzte Schallplatte vor langer Zeit in den Rocky Mountains erinnern. Aber es war einfach die reine Schönheit dieser Passage. Ich sagte nur: »Wunderschön, nicht?« Sie erwiderte nichts. Ich bezweifle, dass sie mich überhaupt hörte. Wieder ging ich einfach.

Und wenn auch nur auf diese Art, aber so können sich die beiden immer wieder vereinigen. Sie können sprechen und zuhören. Eine Gesamtheit der Kommunikation. Wie oft kann man das von irgendetwas sagen? Ohne Wissen. Etwas, das irgendwie sehr tief verstanden wird.

Als ich dies Hester erzählte, seufzte sie – dieses so typische weltmüde Seufzen – und sagte, wie schon öfter: »Flüchtlinge vor dem Vergessen. Das Wenige, was wir haben, solange es dauert.«

Es hatte keine Erscheinungen gegeben. Die Julie, die wir gesehen hatten, war in der Vorstellung unserer Herzen, wie sie uns eines Tages hätte wiedergegeben werden können. Eines Tages, das träumen wir – Hester, Sheila und ich –, werden wir auf sie zugehen, und sie wird weit die Arme ausbreiten, um uns zu begrüßen und zu fragen, wo um alles in der Welt wir denn die ganzen Jahre gewesen sind, und jetzt wollen wir eine Party feiern.

Und jetzt, am späten Nachmittag, kommt mir der Gedanke, dass bei all der Liebe, die ich zu zeigen versucht habe, eine gewisse Lieblosigkeit in mir ist. Das geht weit hinaus über den berufsmäßigen Zynismus und ist vielleicht das Eingeständnis, dass Liebe, zumindest in der Alltäglichkeit, wenig bewirkt. Ich frage mich, ob Hester möglicherweise ähnlich denkt, wenn auch nicht unbedingt über sich selbst. Nein, sicher bin ich mir bei der ganzen Geschichte nicht. Man sollte aufpassen mit diesem Wort »Liebe«. Den Nachweis dafür findet man vielleicht in der hart erarbeiteten Herzlosigkeit meines Schreibens.

Charles Chadwick

Brief an Sally

Roman

224 Seiten, btb 74393
Aus dem Englischen von Klaus Berr

Ein herzzerreißender, vollkommen unsentimentaler Roman über das Altern und die wichtigen Dinge im Leben.

Naomi Marshall, eine alte, einsame Frau, sitzt meist in ihrer Londoner Wohnung am Fenster. Der Blick auf Gärten und Nachbarn, der Besuch von Pflegern und Essen auf Rädern sind ihre einzige Verbindung zum Leben, bis sich eine neue Nachbarin bei ihr vorstellt. Sally ist jung, voller Begeisterung und Neugier und möchte mehr über Naomis Leben erfahren. Und Sally zuliebe taucht sie in ihre Vergangenheit ein, erzählt von ihrer Liebe und ihren Jahren in Afrika, wo sie die glücklichste Zeit ihres Lebens verbrachte …

»Kunstlos wie ein Protokoll (aber literarisch raffiniert) ist dieser Lebensbericht gehalten, der von Afrika zum einen, zum anderen aber von den unbegrenzten Möglichkeiten der Liebe und Freundschaft handelt.«

Basler Zeitung

btb